KB003056

오늘도 그림

나는 어쩌다 매일 그리는 사람이 됐을까?

뚜루 지음

오늘도 그림

리듬꽁

그림이라는 여정

나는 서점 아가씨다. 몇 년 전 10여 년간 일하던 IT 회사를 그만두고 동생과 함께 작은 동네서점을 차렸다. 모두 우려했지만 동네서점은 인기가 있었다. 그리고 모두가 우려한 대로 인생 전체가 흔들릴 만큼 큰 실패와 고통도 겪게 됐다. 외형적으로는 사업의 실패라는 고통, 관계적으로는 가장 사랑하는 가족들과의 갈등에서 오는 두려움, 내적으로는 나라는 인간의 무능하고 저급한 정신의 민낯을 맞닥뜨리며 받은 충격과 실망 등이 한꺼번에 밀려들었다. 이 세 가지 풍랑은 꽤 오랫동안 정신없이 몰아쳤고 그때 나는 모든 파도를 정면으로 맞으며 인생의 어두운 터널을 통과하고 있었다.

이 세 가지가 그토록 고통스러웠던 건 삶을 잘 건사하고 있는 척했지만 실상은 그렇지 않았다는 게 만천하에 훤히 드러났기 때문이다. 심리학자 마샤 리네한은 이를 '겉보기상의 유능함apparent competence'이라는 개념으로 설명했다. 이게 몸에 밴 사람들은 무질서에서는 버티기 힘들어 결국은 정서적 혼란과 고통에 빠질 수밖에 없다. 이렇게 보면 나는 전형적으로 잘 사는 척하는 사람이었다.

알고 보니 삶 전체가 무질서의 끝에 있다는 걸 받아들이기까지 3년이라는 시간이 걸렸다. 열심히 살아왔고 사람들과도 무난하고 쾌활하게 잘 지내온 내가 무질서의 끝이라고? 혼돈 그 자체라고? 내가 손만 대면 모든 게 엉망이 된다고? 이 모든 안 좋은 일이 다 나 때문에 벌어진 거라고? 이 사실을 인정하고 나니 엄청난 죄책감과 무기력 때문에 매일을 버티는 게 힘들었다.

내가 벌여놓은 일들은 동생이 수습했다. 매장 정리를 위해 부동산 문제를 처리하고, 모든 직원을 내보내고, 거래처들에 상황을 설명한 뒤 반품할 책들을 정리해야 했다. 동생은 이 모든 일을 하루에 열두 시간씩, 심지어 남은 매장을 운영하며 했다. 허덕이면서도 정신을 놓지 않으려 애를 썼고, 늘어진 나를 부축하며 앞으로 나아갔다. 덕분에 많은 게 안정을 찾았고 나도 내면부터 재건해보자는 밝은 기운을 가질 수 있었다.

하지만 이때다 싶었는지 인생은 또 한 번 나를 공부의 장으로 끌고 들어갔다. 다시 일어서보자고 힘을 냈는데 몸이 기다렸다는 듯 크게 주저앉았기 때문이다. 기어이 아프기까지 해버리는구나. 나는 사업 실패와는 비교도 안 되는 죽음이라는 큰 어둠의 터널로 빨려들어갔다. 3년간 정신도 피폐해져서 연이어 다가온 시련 앞에 그야말로 온전히 있을 수가 없었다. 이렇게 죽는 걸까. 나는 그 시간 동안 생생하게 죽음의 공포를 경험했다.

가족들의 큰 사랑으로 위기는 넘겼지만 회복은 더뎌서 퇴원 후 돌아온 집에서도 침대 생활이 계속됐다. 누워 있는 것 말곤 아무것도 할 수 없었고 곧 누가 봐도 아파 보이는 환자의 모습이 되었다. 에너자이저라고 불릴 정도로 활개를 치고 다녔는데 그 시간들이 마치 전생처럼 아득하게 느껴졌다.

사업 실패로 밑바닥을 쳤다고 생각했지만 건강이 무너지고 나니 그건 그저 얄팍한 자기연민에 지나지 않았다는 걸 알았다. 하지만 이상하게 마음은 점점 홀가분해졌다. 평생 채우기에 급급했던 사람이 텅 비워진 채 하루 종일 누워 있느라 아무것도 할 수 없는 사람이 됐을 때, '그림'이라는 새로운 물결이 슬그머니 다가왔기 때문이다.

이 책은 미술 시간을 제일 싫어했던 사람이 '그림 참 즐겁네요'라며 매일 그리는 사람이 된 이야기다. 여전히 졸라맨 수준의 그림이지만 선 하나하나는 100퍼센트 내게서 나온 것이다. 그렇게 그림은 나의 이야기가 됐다. 난 이 책에서 그림으로 쌓은 이야기가 무질서했던 삶에 조금씩 질서를 부여해준 과정을 최대한 보여주려 했다. 그 과정은 늘 기분이 좋았다. 나는 계속 어둠 속을 헤맸지만 그림으로 이야기를 쌓으며 질서를 되찾는 과정은 반짝이는 부스러기들을 따라 빛이 가득한 나의 집으로 돌아가는 여정이었다. 이 여정은 오늘도 계속되고 있다.

어두운 방에 홀로 있거나 텅 비어버린 마음으로 침대에 있는 누군가가 빛이 가득한 집을 찾아가길 바라는 마음으로 책을 썼다. 이 책과 함께 보이지 않는 길을 찾아냈으면 좋겠다. 없는 길은 만들고 있는 길은 헤매는 여정 동안 조금씩 웃음이 나며 기분이 좋아지길 바란다. 그 기분이 우리를 연결해줄 거라 믿는다.

차례

1부

어쩌다 그리기

어쩌다 그린 그림과 실패

대학 졸업 이후 여느 직장인들처럼 책은 거의 읽지 않았다. 한국인 평균 수준 정도는 됐을까. 하지만 직업 특성상 매일 뉴스와 트렌드 리포트를 봐야 해서 늘 뭔가를 읽고 있긴 했다. 그래서 여유가 없다는 핑계를 대며 책을 가까이하지 않았다. 물론 실제로 너무 바빴고 늘 뭔가에 쫓기고 있긴 했다.

모든 것이 온라인을 중심으로 빠르게 돌아가는 IT 회사에서 잘 적응하고 신나게 10여 년을 보냈을 즈음 이상하게 자꾸 오프라인에 관심이 갔다. 마침 지도 서비스 기술을 선보일 때라, 나는 다른 부서였음에도 오프라인 정보를 온라인으로 대이동하는 해당 부서에 기웃거릴 정도였다. 이때 알았다. 나는 온라인과 오프라인이 연결되는 세상에 관심이 있구나. 사실 순수한 관심이라기보다는 그 세상을 선점해서 다른 사람들보다 앞서 나가고 싶은 욕심이었다는 게 더 정확할 것이다. 당시 9년 근속을 하면 안식휴가 한 달을 쓸 수 있었는데, 나는 그걸 미루다 근속 10년째가 돼서야 쉬었다. 한 달이 다 돼갈 때쯤 결심했다. 오프라인으로 업을 바꿔야겠다고.

그때쯤 나는 홍대에 있는 서점 '땡스북스'에 자주 드나들었다. 할 일이 없으면 그곳에 들러 커피도 마시고 책을 보기도 하면서 대형서점에선 느낄 수 없는 친밀감을 느꼈다. 나처럼 바쁘고 지친 직장인들에게 이런 친밀감은 소중했다. 마침 내 주요 커리어는 '콘텐츠 유통'이었다. 그럼 오프라인에서의 콘텐츠 유통은 뭘까? 책이었다. 답을 찾은 것 같았다. 직장인들을 위한 오프라인 콘텐츠 유통 공간, 동네서점.

서점이라는 콘텐츠 유통업에 나의 온라인 콘텐츠

유통 경험을 결합한 서비스 모델을 그렸고 독서에 대한 심리적인 진입장벽을 낮추는 걸 목표로 삼았다. 손님들이 직접 추천사를 쓸 수 있는 '책꼬리'가 있고 그것들을 바탕으로 큐레이션한 책이 진열된 곳. 퇴근 후 맥주 한 잔 곁들이며 책을 읽고 만나고 싶던 작가를 만나는 곳.

독특한 콘셉트의 동네서점이 많은 도쿄에서도 시장조사를 한 뒤 같은 회사에 다니던 친동생이 먼저 그만두고 본격적으로 창업을 준비했다. 7평짜리 동네서점은 제법 입소문이 났다. 그 기세를 몰아 1년 뒤에는 바로 옆에 18평짜리 2호점을 내면서 드디어 나도 회사를 그만두고 합류했다. 동생은 대표로서 더 큰 2호점을, 나는 점원으로서 작은 1호점을 맡아 운영하기로 했다.

2시에 너무나 사랑했던 회사를 나와, 3시에 나의 새로운 사랑이 될 서점으로 첫 출근을 했다. 드르륵 문을 열고 들어가 앞치마를 목에 걸고 7평짜리 1호점

카운터에 앉아 있는데, 현실감이 전혀 없었다. 조금 전까지 전쟁터 같은 거대한 오피스에 있었는데 한 시간만에 느끼는 이 고요함은 뭐지? 관객 없는 무대 위에 선 배우 같았다.

그때 나는 그 오묘한 기분을 기록하고 싶었던 것 같다. 손님들에게 추천사를 받기 위해 제작한 책꼬리 종이에다 어떤 책에 있는 그림을 그대로 베껴 그리며 첫 기록을 남겼고 사진을 찍어 블로그에도 올렸다. 당시 느껴지던 복합적인 감정을 어설프게나마 담아낸 것이다. 내 서점 생활은 나도 모르게 그림일기 비슷한 것과 함께 시작했다.

나는 매일 생기발랄했다. 하지만 주인장 의욕과 달리 골목을 다니는 분들은 문 앞에서 멈칫하거나 기웃거리기만 하며 쉽게 들어오지 못하는 것 같았다. 어떻게 하면 더 친근한 곳이 될 수 있을까 고민하다 가게 밖에 칠판을 하나 세워놨다. 이번 주 베스트셀러, 새로 들어온 책 등을 써놓고 여기가 서점이라는 사실을 열심히 어필했다. 칠판 하나론 부족할 때가 있어서 어떨 땐 칠판을 다섯 개까지 내놨다. 사장인 동생은 너저분하다고 혼을 냈다.

칠판을 보고 궁금증을 참지 못해 "그런데 여기가 진짜 책 파는 곳이에요?"라며 문을 열고 들어온 용기 있는 손님들과는 쉽게 친해졌다. 점심시간에 왔던 손님이 퇴근 때 들러 찜해둔 책을 사가고, 책마다 끼워진 책꼬리가 재밌다며 오랜만에 손글씨를 써서 책을 추천하기도 하고, 자신이 추천한 책이 팔리면 나보다 더 신나 했다. 어떤 분은 내가 잠시 자리를 비우면 대신 서점을 봐주기도 했다. 시간이 흐를수록 그들이 이곳을 점점 더 사랑해준다는 걸 느낄 수 있었다.

빛의 속도로 일이 진행되는 IT 회사에 비하면 서점에서의 시간은 정말 느리게 흘러갔고 할 일도 소소했다(지금 생각해보면 교만했다. 매장을 성공시키기 위해 얼마나 많은 고민을 해야 했던가!). 대신 책은 정말 많이 읽을 수 있었다. 여느 서점 대표님들과 달리 그리 책을 많이 읽지 않았던 우리는 손님이 이런 책 있냐고 물어보면 그게 뭐냐고 물어볼 정도로 책과 친하지 않았지만 서점 주인이 되면서부터 본격적으로 책의 매력에 빠졌다.

독서가 즐겁다는 걸 알아버리니 재밌는 책 리스트가 늘어났다. 이걸 어떻게 알릴까 하다 밖에 내놓는 칠판에 책 표지를 그렸다. 그림을 잘 못 그렸지만 용기는 가상했다. 밑그림을 그리지 않고 바로 라인을 그려나가는 드로잉 버릇은 아마 이때부터 들였던 것 같다. 어쨌든 그 후로 나는 많은 책 표지를 그렸다. 다행히 단골손님들이나 지나가는 분들이 재미있어했고 아주 가끔은 해당 책의 저자가 그림 잘 봤다고 메시지를 주거나 직접 와서 인증샷을 찍기도 했다. 아, 이 미천한 그림을 이렇게까지. 좋아하는 책의 표지를 그리는 건 하루 중 가장 즐거운 일과가 됐다.

책 표지와 더불어 우리의 좌충우돌한 서점일지도 함께 그렸다. 동생과 나는 당시 어디에도 없던 동네서점을 만들어가는 중이었다. 출판계 관련자가 대부분이었던 서점업에 난입한 IT 회사 출신 변종 자매는 출판사나 저자에 대해 무지했고 출판계에서 쓰는 용어와는 다른 말들을 썼다. 책을 판매하는 방식도 달랐으며 SNS 분위기도 가볍기 그지없었다. 아무튼 이상한 애들이 등장한 것만은 확실했다. 나는 우리가 매일 쏟아내는 좌충우돌 에피소드들을 졸라맨 그림과 함께 기록했고 인스타그램과 페이스북 등 서점 SNS에 올렸다.

그동안 서점은 번성했다. 독서가 즐거운 행위라는 걸 안 우리는 책을 동경하거나 선망하기보다 즐겁게 읽고, 한 권을 읽어도 배운 게 있다면 삶에 바로 적용하고 실천해보자는 모토로 서점을 운영했다. 그 덕에 책에 관심은 있지만 지레 책을 멀리하는 바쁘고 고된 동네 직장인들과 점차 가까워졌다. 책과 술을 함께 팔고, 매일 북토크 하는 서점으로 자리 잡는 동안 손님들뿐만 아니라 책을 좋아하고 동네서점에 관심이 있는 분들의 지지도 받았다. TV에 나오거나 뉴스에 보도되며 화제가 됐고 SNS 팔로워는 크게 늘어났다.

서점은 점차 유명해졌고 우리는 3년 만에 1호점과 2호점을 통합해 50평 단독건물로 이사를 했다. 북토크에 더 많은 사람이 오려면 기존 매장보다 더 넓고 쾌적한 장소가 필요했기 때문이다. 동시에 전 회사 동료가 밀집한 곳에 분위기가 완전히 다른 또 하나의 매장을 냈다.

유명세 덕에 특정 건물 혹은 복합쇼핑몰에 입점해 달라거나 책 큐레이션, 강연 등 여러 제안이 들어오기도 했다. 우리는 현금 흐름을 좋게 만들기 위해 거의 모든 제안에 응했다. 직원은 여섯 명으로 늘어났고 매일 저녁 서점은 북토크 행사 준비로 분주했다. 숨이 턱 끝까지 차올랐지만 우리는 우리의 선택이 재정적 숨통을 틔워주길 바랐다.

이렇게 보면 동네서점치고는 장사가 잘된 것 같지만 사실 수익성이 너무 좋지 않았다. 주로 북토크 행사에서 수익을 얻었기에 더 큰 매장으로 이전하고 새로운 매장도 낸 거지만 북토크 자체도 수익성이 좋은 편은 아니었다. 매장이 커지니 직원이 늘며 줘야 할 월급은 많아졌고 임대료도 올라갔다. 수익성이 좋은 카페 쪽은 우리 전문 분야가 아니라는 이유로 맛과 메뉴 개선을 게을리했다. 최소한의 인원으로 매일 북토크를 하다 보니 체력은 점점 바닥이 났고 짜증을 내는 날이 많아졌다. 동생과 나는 공동대표였지만 서로 생각이 달라 직원들을 혼란스럽게 했다.

어쩌면 불행의 씨앗은 훨씬 이전부터 자라고 있었는지도 모른다. 하지만 나는 서점의 유명세에 취했고 그날의 일을 쳐내기 바빴다. 하루는 매장들을 돌고 와서 북토크를 준비하는데 오른쪽 발이 쭉 미끄러졌다. 뭐지? 하고 봤더니 운동화 밑창이 반이나 뜯어져 거의 맨발로 땅을 딛고 있었다. 안 그래도 지저분해진 흰 운동화의 밑창이 혓바닥처럼 덜렁거렸다. 당장 북토크를 해야 해서 신발을 수선하러 갈 시간도 없었다. 결국 투명 테이프로 운동화를 칭칭 동여맸다. 그렇다. 이게 내 의사결정 수준이었다. 그때그때 임시로 해결하는 것. 참담한 심정은 잠시 마음 구석에 밀어넣고 손님을 맞이했다. 걸을 때마다 운동화에서는 쩍쩍 하고 테이프 소리가 났다.

　결국 회사 다니며 모아뒀던 자본금은 바닥이 났고 빚은 억대로 불어나 있었다. 3년 사이에 매장을 다섯 개나 연 셈이라 몇천만 원씩 뭉텅이로 목돈이 나갔다. 수익은 안 나는데 계속 규모만 확장했으니 재정 상태가 급속도로 안 좋아지는 건 당연했다. 많은 창업자가 흔히 월세 내는 날과 월급 주는 날이 무섭다고 하는데 우리도 그 경험을 하고 말았다. 지금 와서 돌아보면 무수한 판단 실수가 있었다. 하지만 당시에는 무엇 하나 포기할 수가 없었다. 규모가 유지돼야 운영이 되는 구조로 사업모델을 짰기 때문이다.

　그때 나는 두려워서 두 손을 꽉 쥐고 옴짝달싹하지 못하는 어린애처럼 굴었다. 동생과 직원들에게 "괜찮아, 다음 달은 괜찮아질 거야"라는 말을 했지만 실은 아무 대책도 없었다. 내가 할 수 있는 건 고작 100만 원, 200만 원을 잠시 빌려오는 것뿐이었다. 그래도 아무렇지 않은 척했다. 해낼 수 있는 척했다.

어쨌든 회사 다닐 때는 이보다 더 큰일도 해냈고(하지만 회사는 돈이 많았다), 손님들은 꾸준히 찾아왔다(하지만 객단가는 낮았다). 게다가 못하겠다고 두 손 드는 건 자존심이 허락하지 않았고(그놈의 자존심, 자존심!) 동생에게 약한 모습을 보이기 싫었다.

하지만 더 이상 감출 수 없는 지경에 이르렀다. 가장 하기 싫었던 직원들 월급을 못 주는 사태가 바로 눈앞이었다. 거래처 정산과 월세는 벌써 오래전부터 밀려 있었다. 그때까지 나는 누군가에게 아쉬운 소리를 잘 못했고, 누군가와 관계가 틀어지는 것도 잘 견뎌내지 못했다. 그래서 직원들과도, 거래처들과도, 건물주들과도 나름대로 잘 지냈다. 하지만 돈 앞에서는 모든 게 냉정해진다. 나를 제외한 모두가 냉정해졌다. 직원들의 불안한 눈길, 거래처의 독촉 메시지, 건물주들의 못마땅한 얼굴. 그들 입장이 당연히 이해됐지만 나는 내심 서운했다. 그리고 스스로 그런 내가 뻔뻔하다고 생각했다.

결단을 내려야 했다. 매장 세 개 중 계약상 접을

수 없는 제휴 매장을 남기고 나머지는 모두 접는 결정을 해야 했다. 조금이라도 덜 손해를 보겠다고 여기저기에서 방도를 찾았지만 모두 실패했다. 시간이 지체될수록 지불해야 할 비용은 더 빠르게 쌓여갔다. 결국 벼랑 끝에 몰려서야 항복했다. 쓸 수 있는 시간을 모두 낭비하고서야 모든 걸 멈췄다.

매장 두 개를 접고 모든 직원을 내보냈다. 노무사와 직원들과 함께 마지막 퇴사 정리를 하던 자리는 정말 떠올리고 싶지 않은 장면이다. 그나마 정신을 차리고 있던 동생이 직원들 서류를 정리했다. 내가 자신만만하게 내뱉었던 말들이 고스란히 칼날이 되어 나를 관통하는 느낌이었다. 모든 사람이 나를 원망하는 것 같아 억울함과 죄책감을 1초마다 번갈아 느꼈다. 난 더 깊은 어둠에 처박혔다.

본점 폐점 전날에도 북토크가 있었다. 나는 그 끔찍한 상황에서도 저자에게 사인을 받았고 와준 손님들에겐 또 볼 것처럼 인사를 했다. 차마 내일 문을 닫는다는 말은 하지 못했다. 그런데 겉으로는 또 웃고 있었다. 다음 날이 되자 어제까지 북적거리던 매장은 삽시간에 영혼이 빠져나간 시체처럼 시커멓다. 단골 손님들 눈에 띌까 싶어 주말에 불도 안 켠 매장에서 혼자 반품할 책들을 정리했다. 더는 누군가를 마주할 수가 없는 상태라 홀로 할 수 있는 일을 한 것이다. 동생은 문을 열어둬야 하는 마지막 매장에서 꾸역꾸역 일을 했다. 도대체 무슨 일이냐며 찾아오는 모든 사람에게 설명하는 일도 동생이 했다. 동생은 마치 언니처럼 뒷일들을 하나씩 담담히 정리해나갔다.

누군가 CCTV로 내 모습을 봤다면 그런 청승이 없다고 생각했을 것이다. 컴컴한 곳에서 먼지를 풀풀 날리며 온종일 혼자 박스를 싸는 광경. 그런데 그 주인공이 나라니. 이 믿을 수 없는 상황 속에서 나는 생각을 멈추고 기계처럼 몸을 움직였다. 4년 정도 지나 드라마인가 책에서 비슷한 장면을 본 적이 있는데 그때의 나와 오버랩되어 왈칵 눈물이 쏟아졌다. 혼자 책을 정리할 때는 차마 울지 못했는데 4년이 지난 뒤

에야 마음껏 울 수 있었다. 참 오래도 걸렸다.

　사실 누군가에게는 툭툭 털고 금방 일어날 정도의 일일 수도 있다. 솔직하게 인정만 했다면 말이다. 직원들을 내보냈고 상황이 힘들어 가슴은 너무 아프지만 그래도 가장 넓고 교통이 편리한 매장이 남아 있었다. 동생과 나는 많은 대화를 했고 서로의 손을 놓지 않았다. 그러니 과거의 잘못을 발판 삼아 다시 한 번 꾸려나가는 건 충분히 가능한 시나리오였다. 나를 잘 알던 지인들 역시 내가 툭툭 털고 웃으며 다시 시작할 거라고 예상했다고 한다. 그런데 내가 퓨즈가 나간 것처럼, 아니 파-삭 하며 깨진 유리병처럼 다시 붙이지 못하는 파편이 되어 있었다. 유리 멘탈, 모래 위의 성, 사상누각. 이게 내가 살아온 인생의 축적이었고 내 실체였다.

　스스로를 이렇게 생각해버리니 저 깊은 어둠보다 더 아래에 있는 블랙홀로 내려갈 수밖에 없었다. 피파 그레인지가 《나를 단단하게 만드는 심리학》(장진영 옮김, 상상스퀘어, 2022)에 쓴 것처럼 "굴욕감과 괴로

움이 거대한 파도처럼" 밀려들었고 "실패했다는 평
범한 실망감이 훨씬 더 괴로운 수치심으로 대체"됐
다. 나는 매일매일 내 인생을 비난했다. 책임져야 할
일이 산더미였는데 블랙홀로 도망을 갔다. 사랑하는
가족들, 동료들, 응원을 해준 사람들은 안중에도 없
었다. 자기연민에만 빠진 이기적인 나는 진짜로 엉망
진창이었다.

매일 누워 있는 나날

다시 그림을 그리게 된 건 매일 누워 있었기 때문이다.

매일 누워 있었던 건 몸이 아팠기 때문이다.

몸이 아팠던 건 성공 가도를 달리던 사업이 사실 거품이었다는 데 충격을 받았기 때문이다.

사업이 거품이 된 건 엉망인 내면을 보지 못했기 때문이다.

무질서한 사업 운영은 내 안의 무질서를 반영하고 있었다.

질서 없이 쌓은 탑은 쓰러지게 마련이다.

그게 자연의 법칙이다.

사업도, 몸도 그렇게 쓰러졌다. 자연스럽게.

폭풍 같은 1년이 지나고 하나 남은 매장은 회복
단계에 들어서 있었다. 여전히 빚은 많았지만 많은
사람의 도움과 응원으로 방법을 찾아나갔다. 가끔은
평화롭다는 생각을 하며 웃을 수도 있었다.

그날 저녁도 북토크가 있었다. 북토크를 위해 테
이블을 옮기는데 갑자기 배가 너무 아팠다. 허리를
펼 수 없을 정도였다. 출판사 분들의 도움을 받아 겨
우 행사를 끝내고 집으로 왔다. 동생은 당장 병원에
가보라고 소리를 질렀다. 사실 두세 달 전부터 속이
더부룩해 잘 못 먹고 있었다.

다음 날 아침 배를 움켜잡고 병원에 갔는데 바로
응급실로 보내졌다. 빠르게 검사할 것들이 보인다는
소견 때문이었다. 곧이어 당장 입원해야 한다는 결정
이 났다. 나는 의사 선생님에게 "내일 일해야 하는데
집에 좀 갔다오면 안 될까요?"라고 했다가 혼이 났
다. "지금 일이 뭐가 중요합니까!"

병실이 바로 나지 않아 응급실 침대 위에 우두커니 앉아 있었다. 응급실 의사이자 작가가 말했던 그 응급실 풍경이 내 눈앞에 펼쳐졌다. 실려온 환자들과 더 놀라는 가족들, 퇴원하겠다는 아버지와 이를 말리는 딸들의 실랑이, 번개처럼 이 병상 저 병상을 다니는 간호사들. 살면서 병원은 고사하고 약국도 잘 안 가는 내게 응급실은 참 생경한 곳이었다.

그러다 응급실 침대에 실려 병실로 이동했다. 누우면 배가 아파 앉아 있었는데, 퇴근하고 헐레벌떡 뛰어온 동생이 나를 보고 어이없어했다. 입원한다길래 걱정돼서 왔는데 어리둥절한 얼굴로 침대에 실려가는 모습이 그 와중에도 웃겼다고. 부모님은 마침 지방에 계셔서 얘기하지 않기로 했다. 열흘 동안 온갖 검사를 했는데, 이상하게 통증이 심해졌다. 매시간 진통제를 먹었고 주삿바늘을 양팔에 번갈아 꽂았다. 그제야 병원에 잘 어울리는 환자가 된 듯했다.

그리고, 마침내 진단을 받았다. 암이었다. 사업이 망했는데 병까지 얻다니. 가지가지 한다.

병원에 갈 때는 두 발로 걸어들어갔는데 병원에 있을 때는 산 송장이나 다름없었다. 체중은 7~8킬로 그램 정도 빠졌고 눈은 푹 꺼져서 누가 봐도 큰 병을 얻은 환자 같았다. 튼실한 허벅지가 늘 콤플렉스였는데 병에 걸려 꿈에 그리던 얇은 허벅지가 돼 있었다. 불행인지 다행인지 코로나가 심할 때라 보호자가 상주할 수 없었고 얼굴을 보는 것도 면회실에서만 가능했다. 이 꼴을 가족들한테 안 보여줘도 돼서 차라리 다행이라는 생각이 들었다. 어차피 동생은 계속 매장을 운영해야 하니 아예 올 수 없는 게 나았다.

며칠 뒤 어쩔 수 없이 부모님께도 소식을 전해야 했다. 이 소식을 들을 엄마 얼굴을 떠올리니 눈물이 멈추질 않았다. 처음으로 엄마가 온 날, 머리도 감고 최대한 괜찮은 모습으로 있었다. 엄마는 기가 찬 얼굴을 하고 면회실로 들어왔다. 든든한 동생이 엄마 놀라지 말라고 자세하게 설명했다는데, 엄마는 "네가 왜 이러고 있냐… 응?"이라는 말만 반복하며 훌쩍였다. 그래도 막상 얼굴을 보니 상상만 했을 때보다는 마음이 덜 힘든 모양이었다.

시간이 좀 지나자 집에서 요양을 할 수 있을 정도
가 됐다. 그래서 퇴원을 하고 동생의 한마디와 함께
집으로 돌아왔다. "괜찮아질 거야. 인생은 신비로우
니까!"

가족들은 극진한 사랑으로 나를 보살펴줬다. 동생
은 매장 걱정은 말라며 독박근무를 했고 우리가 우울
해질까 싶어 집안 분위기를 활기차게 만들기도 했다.
엄마는 매일 관련 책을 읽고 인터넷과 유튜브를 찾
아보며 몸에 좋은 건 먹게 하고 나쁘다는 건 전부 버
렸다. 모든 음식은 보식이 되었다. 아빠는 다 큰 딸의
운동을 도맡았다. 오늘은 한 바퀴, 내일은 두 바퀴.
무심한 듯했지만 내 움직임과 컨디션을 고려하며 운
동량을 조절했다. 난 약을 먹지 않아도 될 정도로 나
아지고 있었다.

병세는 좋아졌지만 컨디션은 생각보다 더디게 회
복됐다. 그래서 1년 중 대부분의 시간을 침대에 누워

있었다. 그중 반은 잠을 잤지만 한동안은 뒤척일 때마다 통증이 와서 두 시간 연속 잘 수 있는 것만으로도 감사했다. 깨어 있는 시간에는 할 일이 없었다. 정확히 말하면 할 수 있는 게 없었다. 에너지가 바닥이었는데 그나마 남아 있던 에너지는 거의 다 몸을 살피는 데 썼기 때문이다. 정신이 온통 불편한 몸 구석구석에 가 있어서 다른 뭔가를 할 수가 없었다.

이러다간 정말 우울해서 죽을 것 같았다. 집중할 다른 것이 필요했다. 책은 고사하고 쉬운 정보성 글조차 눈에 들어오지 않았기 때문에 그나마 할 수 있는 게 영상 보기였다. 그러다 우연히 <맛있는 녀석들>을 봤는데 거기에는 조금 집중할 수 있었다.

많이 못 먹던 터라 그들을 보며 먹는 즐거움을 느꼈다. 그 즐거움은 경험해보지 못했던 굉장히 디테일하고 예민한 감각을 불러일으켰다. 게다가 그들 네 명의 개그 코드가 나와 잘 맞아서 정말 오랜만에 자연스럽게 웃을 수 있었다. 침대에 누워 <맛있는 녀석들> 전 시즌을 정주행했다. 그들의 센스 있는 유머와 전국을 돌아다니며 맛있게 먹는 모습은 나를 기분 좋게 만들었다.

이후에는 영화와 드라마도 볼 수 있게 됐다. 바닥에서 한 계단을 오른 거였다. 에너지가 없을 때는 갈등이 일어나는 이야기를 소화하는 게 힘들다. 모든 스토리텔링에는 갈등이 필연적인데 그걸 보다 보면 자꾸 나의 실패가 떠올랐기 때문이다. 그런데 한바탕 웃어버리고 나니 넷플릭스와 티빙, 웨이브를 돌려가며 모든 영화와 드라마를 보고 있었다. 바빠서 보지 못했던 걸작들을 모조리 봤다. 죽어 있던 뇌의 어느 부분이 다시 반짝이는 걸 느꼈다.

여전히 책 읽기는 힘들었다. 활자로 된 정보가 입력되지 않았다. 대신 오디오북은 들을 수 있었다. 영화를 보다 눈이 너무 피로해지면, 오디오북을 틀어놓고 눈을 감은 채 듣기만 했다. 눈을 쉬면서도 아픈 몸이 아닌 다른 것에 집중할 수 있어 좋았다. 그런데 어느 순간부터 보고 싶은 영화나 드라마가 없었다. 넷플릭스를 아무리 둘러봐도, 유튜브에서 아무리 스크

롤을 내려도 보고 싶은 게 없었다. 슬금슬금 침대 밖으로 다리를 빼봤다. 거실에 나가 양지달굼(양지받이의 강원도 사투리로 햇빛을 원 없이 쬔다는 것이다)도 하고 집안 여기저기를 기웃거렸다. 그러다 괴상한 자세로 자는 동생이 눈에 들어왔다. 허엇! 너무 웃겨.

몰래 사진을 찍은 다음 방으로 돌아와 꿈일기를 쓰던 손바닥만 한 빨간 노트를 꺼냈다. 굴러다니던 볼펜을 주워 내 눈에 비친 대로 동생을 그렸다. 밑그림을 그리고 자시고 할 필요도 없었다. 그저 이 웃긴 모습을 그리고 싶은 마음뿐이었다. 일필휘지로 그려 가족 카톡방에 보냈다. 온 가족이 오랜만에 낄낄거렸다. 동생한테 등짝은 한 대 맞았지만.

뒹구는 동생 그리기

매일 할 수 있는 거라곤 각종 영상을 돌려보고 자는 것밖에 없었지만, 건강은 조금씩 좋아져서 산책도 하고 해가 들이치는 곳에 앉아 양지달굼을 할 수도 있었다. 하지만 일을 하는 건 무리여서 오랫동안 동생 혼자 매장을 돌봤다. 미안한 마음이 너무 컸다. 매일 열두 시간씩 혼자 일하는 건 너무 고된 일이지만 내가 할 수 있는 게 없었다. 빨리 건강을 회복하는 것만이 내가 할 일이었다.

동생은 퇴근 후 녹초가 되어 돌아오곤 했다. 늘 쾌활하고 쩌렁쩌렁한 목소리로 "오늘도 침대에서 잘 뒹

굴었나!"하며 내 안부를 살피지만 그런 동생도 지친 몸을 이길 도리는 없었다. 어떨 때는 옷도 안 갈아입고 침대로 직행했다. 조용해진 그녀를 보면 미안하고 안쓰러운 마음이 들어, 우울감에 빠져 허우적거리지 말아야겠다는 다짐을 하곤 했다.

어느 날도 그녀는 침대에 쓰러져 있었다. 아이고, 네가 너무 고생한다. 그런데… 왜 그러고 자는 거야…? 한번 그려볼까…? 이런 욕구가 불쑥 올라오는 건 주로 많이 웃었을 때다(왜 동생은 늘 웃기게 자는 걸까?). 아무튼 오랜만에 뭔가를 해보고 싶다는 마음이 들 때는 지체하면 안 된다. 귀한 마음이니까. 결국 삐뚤빼뚤 그리기 시작했다. 틀리는 거야 괜찮다. 어차피 나는 그림을 잘 그리는 사람이 아니다.

그다음 날도 그녀는 쓰러져 있었다. 오잉? 다른 날은 또 다른 자세로 잔다. 그럼 역시 그려봐야지. 낄낄낄. 주말이 되자 그녀는 하루 종일 침대에서 뒹굴거리다 깨어나서 이런저런 일을 하기도 했다. 나는 물을 먹는 척하며 흘깃흘깃 뭘 하고 있는지 지켜봤다. 그러곤 다시 후다닥 방으로 돌아와 눈에 담은 동생을 그려냈다. 다양한 동생의 모습을 그리다 보니 지금까지 보지 못했던 동생을 보게 됐다. 눈 모양과 발가락 생김새부터 웃을 때 입 모양과 머리 묶는 스타일까지. 나는 그림을 그림으로써 동생을 관찰했고 더 자세하게 기억할 수 있었다. 지금까지 나는 뭘 보고 살아왔던 걸까.

동생을 그리며 또 한 가지 깨달은 건 좋아하는 것만 그릴 수 있다는 사실이었다. 적어도 나는 그랬다. 보이는 걸 그릴 때는 꽤 오랫동안 지켜보고 이리저리 뜯어보며 그 대상에 대해 생각하는 시간을 갖게 된다. 나는 내가 싫어하거나 질색하는 대상을 그렇게 오랫동안 마주할 자신은 없었다. 그러니 나는 그림을 그리면서 동생을 무척 좋아한다는 사실도 알게 된 셈이다(알았냐, 동생?).

동생을 관찰하면서 정말 오랜만에 즐겁게 그림 그리는 시간을 가졌다. 내 안에 잠들어 있던 장난기도 발을 구르며 신나 했다. 그러다 보니 자연스레 서점 운영 초창기 시절 썼던 서점일지가 생각났다. 사업에 실패했다는 좌절감 때문에 지난 몇 년간은 들춰보지도 않은 기록들이었다.

책꽂이 맨 안쪽에 숨죽이고 있던 노트 두 권을 펼쳐봤다. 서점 일은 회사에서 하던 일과는 완전히 달랐다. 동생보다 1년 늦게 합류해 모든 게 서툴렀던 탓에 뭘 할 때마다 동생의 잔소리를 들어야 했다. 그런 날은 집에 와서 서점일지를 펼쳤다. 동생에게 '악덕 주인장'이라는 이름을 붙이고(나는 '미녀 점원'이었다. 이래저래 이 구역의 미친년이었다) 복수의 그림을 그리곤 했다. 그걸 블로그에 올리면 많은 사람이 응원을 해주기도 했다. 어색하고 서툴렀지만 나는 분명 즐거운 시간을 보냈다. 그때 썼던 서점일지에는 그림을 그리는 지금의 나와 비슷한 내가 있었다. 재미있어하고, 행복해하고, 기쁘게 웃는 과거의 내가.

학교 다닐 때 제일 싫어한 과목이 미술이었던 내가 처음으로 종이에 뭔가를 그린 건 서점 일을 시작

하면서였다. 한가한 오후, 커피 한잔하면서 사각사각 소리를 내며 그림을 그리던 그때는 내게 정말 소중한 기억으로 남아 있다. 실패했다는 생각에 잿더미가 돼버린 시간들 속에서 숨죽여 반짝이고 있던 기억들은 동생을 그리는 지금 내 모습과 겹쳐지며 좀 더 포근해졌다.

생명력 그리기

힘들었던 겨울을 넘기고 새로운 봄을 맞이했을 때였다. 양지달굼을 하며 엄마가 테라스에서 기르는 화초들을 아무 생각 없이 쳐다봤다. 모두 그 자리에 있은지 10년이 넘었는데 자세히 들여다본 건 그때가 처음이었다. 매일 보고 있으니 똑같아 보이는 화초들이 미세하게 달라지는 것이 느껴져 신기했다. 매일 조금씩 다른 모습을 띠는 것, 그게 바로 생명력일까. 나는 푸른 화초들을 보며 나도 이들처럼 활기차게 푸를 수 있을까, 내 세포들도 성장했을까 등등 별생각을 다 하곤 했다.

그러다 문득 내 방에도 화분을 들여놓고 싶다는
생각이 들었다. 인간의 의지란 무엇인가. 식물을 사
러 가려 하니 비실거리던 몸뚱어리가 알아서 변신했
다. 나는 부리나케 옷을 갈아입었고 콧노래를 부르며
운전했다. 그렇게 자주 가던 화원에 가서 초초초초보
자가 기르기 좋은 식물들을 추천해달라고 했다. 난
사장님을 따라 화원 여기저기를 계속 걸었다. 원래는
10분도 채 걷기 힘들어했지만 화원에 갈 때는 매번
한 시간 정도를 쏘다녔다(동생은 이럴 때면 늘 의심했다.
아픈 거 맞아? 꾀병 아냐?).

　　사람의 에너지라는 건 신기하다. 몸이 안 좋아지
면 예민해져서 건강할 때는 신경도 쓰지 않았던 것들
이 눈에 들어온다. 내 화분을 사러 화원에 막 가기 시
작했을 때는 둥근 잎을 선호했다. 뾰족한 나뭇잎을 가
진 식물들은 아무리 키우기 쉽고 예뻐도 선뜻 손이 가
지 않았다. 뾰족한 걸 감당할 수 있는 에너지가 없었
다. 잎의 무늬도 신경 쓰였다. 얼룩무늬보다는 진한
초록색 혹은 아주 연한 연두색을 띤 민무늬가 좋았다.

얼룩무늬를 보면 괜히 어지러웠기 때문이다. 난 화원을 다니며 무뎠던 내가 세심하고 예민한 사람들의 감정을 얼마나 많이 뭉갰을까 생각하며 반성했다.

식물을 산 뒤 자연스럽게 매일 아침 루틴이 생겼다. 동이 틀 때쯤 창문을 열고 환기를 한다. 바람을 맞는 식물들을 하나씩 가까이 들여다본다. 밤사이 시든 이파리들은 떼주고, 새로 순이 난 아이들이 있는지 살펴본다. 흙이 마른 아이들에겐 물을 준다.

처음엔 시든 이파리들을 보면 내가 뭔가 잘못했나 싶어 마음이 무너지는 것 같았다. 하지만 그게 자연스러운 흐름이라는 걸 알게 됐다. 그걸 받아들이느냐 아니냐의 차이만 있었을 뿐이다. 그래서 나중에는 시든 꽃들도 바라볼 수 있었다. 반대로 새로 순이 나면 혼자 어깨춤을 췄다. 순이 나는 건 동시다발적으로 이뤄지는데 그때마다 온 가족을 불러 구경하게 했다. 난 아침마다 슬픔과 기쁨과 식물들 사이를 오가며 운동을 했다.

그다음에는 창가 바로 앞 가장 푹신한 소파를 식물 쪽으로 돌려놓고 식물들과 함께 햇볕을 쬈다. 양지달굼하는 시간은 정말 평온하다. 팔다리를 모두 걷고, 어느 때는 배까지 걷어올리고 햇볕을 쬔다(물론 한여름에는 그야말로 피부가 구워지는 느낌이다. 덕분에 얼굴과 팔다리 모두 새까매졌다). 그러면 온몸이 시원해지는 느낌이다. 따뜻한데 시원해. 어른의 맛이랄까. 어른의 기분을 한껏 맛본 뒤 새로 날 순을 기대하면서 로즈마리와 장미허브의 순을 따면 루틴이 끝났다.

매일 루틴이 이어진 것처럼 내 식물들도 점점 늘어났다. 20종이 넘어가자 식물들 이름을 외우는 게 힘들었다. 가족들이 수시로 식물 이름을 물어보는데 기억이 안 나 답할 수가 없었다. 식물들에게 이름표를 꽂아줄까 했지만 화원에서 받은 하얀 플라스틱은 예쁘지 않았다. 거기에 그림을 그리기엔 공간이 너무 작았다. 아, 그렇다면 내가 만들어볼까? 이름과 함께 코팅해서 꽂아놓을 계획으로 하나둘씩 식물을 그렸다. 그 덕에 아침 양지달굼 시간이 두 배 정도 늘어나면서 내 몸은 두 배로 건강해지고 기분은 스무 배쯤 더 좋아졌다. 밑그림 없이 그냥 보고 그리는 것만으로도 괜찮았다. 48색 드로잉 마커로 살살 칠해주고 이름까지 써주면 끝!

집에 있는 아이들을 거의 다 그렸을 즈음 직장 동료였던 친구와 메시지를 주고받다가 둘 다 초보 식집사라는 걸 알고 흥분했다. 집사들이 대개 그렇듯 친구도 집에 있는 식물들 사진을 보내줬는데 우리 집과 또 다른 종으로만 가득한 아름다운 모습이었다. 당장 보러 가기로 했다. 나는 사진으로 봤던 식물 몇 종을 그려 만든 수제 식물픽을 선물로 가져갔다.

우리 집에는 작은 식물들만 있어서 친구 집에 있는 어느 정도 큰 식물들을 보니 너무 아름다웠다. '와아! 이건 당장 그려야 해!'라고 생각했는데 친구가 테이블과 쿠션을 가져다주고 내 눈앞에 하나씩 화분을 놔줬다. "우리 애들 잘 그려보라고. 모델비는 안 받을게." 그렇게 꼬박 너덧 시간을 그렸다. 몸이 아파

진 뒤로 이렇게 오래 앉아 있었던 적이 있었나? 새삼 스스로에게 놀라면서도 계속 그렸다. 조금 있으니 피자가 나왔다. "먹고 그려. 자고 가도 돼." 보잘것없는 그림 실력을 보고도 잘한다, 예쁘다, 더 그려줘라, 말해주는 게 정말 고마웠다.

모든 일은 완벽하게 준비돼 있다고 했던가. 그즈음 아이패드를 선물받았고 나는 손으로 그렸던 식물 그림들을 아이패드로 다시 그렸다. 훨씬 깨끗하고 깔끔했다. 색이나 효과도 다양하게 넣을 수 있고 초보자들의 난코스인 구불구불한 선 긋기도 기술의 힘으로 좀 더 깔끔하게 처리할 수 있었다. 다양한 펜슬 브러시와 무한한 종이 크기는 말할 것도 없었다. 무엇보다 틀려도 아무 일 없었단 듯 다시 그릴 수 있어서 고민 없이 선을 긋는 배포까지 가져다줬다.

침대에 있는 시간이 많긴 했지만 아이패드로 식물을 그리는 시간은 점점 늘어났다. 잠을 자고, 영상을 보던 시간은 순식간에 그림 그리는 시간으로 대체됐다. 자는 시간이 줄어도 피곤하지 않았다. 잎사귀들을 하나하나 살펴보며 그림으로 그려보는 과정은 그저 즐거웠다. 그러고 보면 나는 식물들을 진짜 좋아했다. 좋아하지 않는 건 그릴 수 없으니까.

아이패드로 그린 식물들을 인쇄한 뒤 코팅해 쓰려니 욕심이 났다. 이걸 나무에다 인쇄해서 꽂아주면 좋을 텐데. 그렇다. 모든 일은 완벽하게 준비돼 있다. 마침 친척동생이 나무에 그림을 인쇄하는 기술을 가지고 있었다. 그것도 상당히 좋은 품질로. 어릴 때 이후로 전혀 소식을 주고받지 않았지만 무턱대고 전화를 걸었다. 이런저런 얘기를 들어보더니 가능할 것 같다는 말을 했다. 당시 친척동생은 눈코 뜰 새 없이 바쁜 시간을 보내고 있었는데도 기꺼이 이 시답잖은 일에 시간을 내줬다.

칼라디움

만들려고 보니 포토샵이나 일러스트레이터 같은 툴을 써야 했는데 나는 그림만 그렸지 그런 걸 다룰 수 없었다. 그래서 친척동생이 그림 테두리를 하나하나 따고 보정해서 깔끔하게 인쇄될 수 있도록 만들어 줬다. 굉장히 소량 생산이라 시간도 더 오래 걸렸는데, 고생도 많이 한 친척동생은 팔아봐도 좋을 것 같다는 말까지 덧붙여 내게 힘을 줬다(실제로 스마트스토어를 열어 팔아보기도 했다. 지금은 접어뒀지만 언젠가 뚜루 스토어를 다시 열 것이다).

나무에 인쇄된 식물픽을 처음 받았을 때의 그 기쁨이란. 받자마자 우리 집 식물들에게 꽂아주고, 기꺼이 자신의 식물들을 모델로 내어준 친구 집에도 챙겨 보냈다. 우리 아이들에게 내가 직접 만든 예쁜 이름표가 생긴 순간이었다.

나를 그리기

식물들을 그리며 틈틈이 다른 것들을 그렸다. 읽는 책 표지, 오늘의 커피잔, 라벤더 아로마 오일병, 재밌게 본 영화 포스터, 잘 개어놓은 양말들, 인스타그램에서 본 귀여운 고양이, 가고 싶은 여행지 등등. 침대에 가만 누워 있는 게 현실이었지만 그림 속에서는 여기저기를 오가며 춤을 추거나 날아다니기도 했다.

그러다 기분이 더 좋아지면 웃고 있는 나를 그렸는데, 서점일지를 쓰던 때가 생각났다. 그때와 그

안녕!
내려왔네

림 스타일도 똑같았다. 얼굴은 크고 몸은 항아리 모양에 삐친 단발머리. 그런데 왠지 그것보다는 좀 더 잘 그려보고 싶었다. 최소한 늘 같은 모습을 유지하고 싶었다. 똑같은 인물인데 매번 다른 모습일 수는 없었다. 예전에 어떤 웹툰 작가님도 이게 중요한 부분이라고 했다. 주인공이 나올 때마다, 얼굴 각도마다 다르게 생기면 쓰겠냐고. 그림 실력이 없는데 도대체 어떻게 해야 일관된 캐릭터를 그릴 수 있을까? 초보자도 할 수 있는 방법은 없을까?

정신바짝!

유튜브로 배우는 건 한계가 있어 온라인 강의를 찾다가 자신이 그려낸 캐릭터로 굿즈까지 만들어보는 수업을 발견했다. 선생님은 동물 캐릭터 중심의 강의를 했다. 사람 캐릭터는 너무 어려워 초보자들에게는 무리라고. 나도 고양이를 좋아하니까 먼저 고양이부터 그려보자 싶었다. 하지만 하면 할수록 아니

아싸

라는 생각이 들었다. 이 캐릭터로는 어떤 이야기도 할 수 없었다. 은연중에 그림으로 뭔가를 얘기하고 싶었던 나는 결국 삐친 단발머리를 한 나의 캐릭터로 돌아왔다.

기본적인 그림 수업을 받다 보니 드디어 캐릭터를 그리는 날이 왔다. 주저 없이 일단 큰 머리를 그렸다. 눈과 눈썹, 입모양을 이리저리 바꿔가며 이 캐릭터의 표정을 찾아나갔다. 그러다 어느 순간 '이 표정인데!' 싶은 게 완성됐다. 졸린 듯 멍한 눈을 했지만 개구쟁이처럼 씨익 웃고 있는 얼굴. 이 표정을 바탕으로 캐릭터 턴어라운드(캐릭터를 입체적으로 볼 수 있도록 정면, 좌우, 뒷모습 등을 그리는 것)를 해봤다. 머리가 이쪽으로 삐쳐 있으니까 옆 모습은 이렇겠지. 뒤통수는 이런 모양일 거야.

뭘 모르는 초보자였지만 뚝딱 캐릭터를 완성해 턴어라운드를 제출했다. 한 시간 만에 그려 혹시 내가 천재인가 싶었지만 사실 이걸로 뭘 해보겠다는 계획이나 욕심 없이 그저 즐거웠기 때문에 가능한 일이었

던 것 같다. 그릴 때 누구를 의식하지도 않았고 언제
까지 그려야 한다는 마감도 없었다. 그림은 그저 내
취미였다.

어쨌든 선생님께 턴어라운드를 제출했다. 어떤 피
드백이 올지 두근두근 기다리고 있는데 메일이 왔다.
선생님은 사람 캐릭터로 용감하게 잘 도전했다고 하
면서 중요한 지적을 하나 해줬다. 손이랑 옷이 연결

돼 있으니 소매를 그려 보완해보라는 지적이었다. 왜 내 눈엔 그게 이상하지 않았는지 모르겠지만 선생님 지적대로 소매를 그리니 정말 옷을 제대로 입은 사람이 되었다.

이후 선생님은 캐릭터에게 이름을 붙이라는 미션을 줬다. 아이패드를 침대 한쪽으로 밀쳐놓고 대자로 누워 천장을 바라봤다. 눈을 끔벅끔벅하며 뭐가 좋을까 생각했다. 그러다 '휘뚜루마뚜루'가 떠올랐다. 처음 동생과 서점을 만들면서부터 내내 품고 있던 단어였다. 아무리 크고 중요한 일이라도 마음 깊은 곳에서는 '휘뚜루마뚜루 해보지, 뭐'라는 마음이 있었다. 그렇게 생각하면 조금 더 가벼워지고 유쾌해졌다. 힘든 시기를 보낼 때는 그놈의 휘뚜루마뚜루 때문에 다 망했다고 생각하며 그 단어를 미워했지만 완전히 버리지는 않았던 모양이다. 마음 구석에 처박아뒀던 그것은 눈 깜짝하는 사이 날아들었다. 캐릭터 이름으로 '뚜루'가 어떨까?

옷도 제대로 입고 이름도 생긴 뚜루는, 주로 침대에만 있는 나와 달리 활동 반경을 넓히며 움직였다. 그림을 그렸고, 식물에 물을 줬고, 누워 있었고, 음악을 들었고, 옷을 갈아 입었고, 밥을 먹었고, 동네를 걸었고, 운동을 했고, 쇼핑을 했고, 청소를 했다. 그런데 신기한 일이 벌어졌다. 물 주는 뚜루를 그린 날은 화분을 번쩍 들어 옮겨주거나 힘차게 물을 줬고, 청소하는 뚜루를 그린 날은 평소 잘하지 않던 화장실 청소까지 해냈다. 뚜루가 음악을 들으면 우연히 듣게 된 음악에도 귀 기울였고, 뚜루에게 새 옷을 입혀주는 날은 옷장의 낡은 옷들을 정리했다. 그렇게 나와 뚜루는 서로의 일상을 즐겁게 침범하는 사이가 됐다.

얼마쯤 지났을 때 뚜루가(아니, 혹시 나일까?) 심심해 보였다. 이것저것 하는 데도 혼자는 한계가 있었다. 뚜루는 외로운 사람이 아닌 것 같은데 좀 외로워 보이기까지 했다. 아무래도 친구를 만들어줘야 할 것 같았다. 그럼 어떤 친구가 좋을까?

아침 루틴으로 식물들을 돌아본 뒤 양지달굼을 하고 있던 날이었다. 난 그때쯤 화초들이 제일 잘 자라는 때는 모든 게 적절한 때라는 걸 배우고 있었다. 물이 부족하면 말라 죽고, 많으면 과습으로 죽는다. 흙이 모자라면 뿌리가 갈 데가 없어 죽고, 너무 넘치면 뿌리가 숨을 못 쉬어서 죽는다. 말할 것도 없는 볕뿐만 아니라 바람마저 그랬다. 흙, 물, 햇볕, 바람, 즉 지수화풍이 적당해야 생명이 온전히 움트고 자랄 수 있다.

이런 생각을 하는데 뭔가 머리를 스치고 지나갔다. 지수화풍과 뚜루가 강강수월래를 하는 건 어떨까? 다 같이 놀면서 동네 한 바퀴도 돌고? 이런 장면들이 눈앞에 그려졌다. 잊어버리기 전에 아이패드를 들고 쓱싹쓱싹 그렸다. 지수화풍과 생명까지 총 다섯 명의 친구가 탄생했다. 생명력 가득한 아이들의 이름은 '쪼맨스'라고 지었다. 나와 동생은 작은 체구인 엄마를 "쪼맨이 엄마야"라고 놀렸는데 뚜루 옆에 있는 친구들이 마치 우리 쪼맨이 엄마 같았기 때문이다.

JJOMANS

EOO·EARTH

VOO·FIRE

UOO·LIFE

COO·WATER

UOO·AIR

그림과 나가기

그때까지 뚜루를 아는 사람은 두 명뿐이었다. 내 동생과 나처럼 식물을 키우는 친구. 그들은 얼굴 표정이 묘하게 나를 닮았다며 뚜루를 귀여워했고 당장 인스타그램을 만들어 뚜루 그림을 올리라고 했다. 이참에 카카오톡 이모티콘까지 내보자며 김칫국도 마셨다. "막 이렇게 움직이는 이모티콘 있지? 그렇게 뚜루를 만들면 당장 다운받을 것 같아!" 아, 막 이렇게 움직이는 거… 그래, 어, 그래, 쉽지, 쉽지….

사업이 망하고 심지어 몸까지 아프면서 활발했던 인스타그램 계정은 하루아침에 고요해졌다. 그리고 그걸 다시 살리고 싶지는 않았다. 뚜루에겐 뚜루만의 계정이 있으면 좋을 것 같았다. 거기서 새로운 친구들과 보다 자유롭게 지냈으면 했다. 그래서 동생과 친구만 아는 완전히 새로운 계정을 만들어 기존에 그렸던 뚜루, 친구들과 노는 뚜루, 식물들 등 하루에 한두 개씩 그림을 올렸다. 그러자 팔로워가 두 명뿐이던 계정에 그림을 그리는 친구, 식물 드로잉하는 친구 등이 생겼다. 인스타그램에서 새로 만난 친구들의 피드는 싱그러웠고, 가끔 그들과 댓글을 주고받으며 에너지를 얻었다.

인스타그램을 통해 드로잉과 일러스트를 전문으로 또는 취미로 하는 사람들의 작업물도 많이 엿봤다. 귀여운 생활툰부터 짠한 직장툰까지 수만 가지 이야기와 캐릭터가 있었다. 많은 사람이 자신의 캐릭터를 활용해 다양한 굿즈를 만들기도 했다. 그런 굿즈들로 각자의 팬들에게 귀여움을 선사하고 있달까. 굿즈를 만들던 사람들 중 일부는 이모티콘까지 만들어 판매하고 있었다. 나는 언젠가 나도 굿즈와 이모

티콘을 만들 거라는 핑계로 다른 사람들이 만든 굿즈
와 이모티콘을 구매하고 또 구매했다.

굿즈와 이모티콘도 많이 샀지만 인스타그램 덕분
에 많은 걸 배우기도 했다. 색을 잘 쓰는 사람의 그림
을 보며 색을 배웠고, 표현력이 좋은 사람들의 그림
에서는 표현력을 배웠다. 어떨 때는 그 그림 작가님
께 허락을 받고 모작을 해보기도 했다. 그러면 또 잘
했다는 칭찬 댓글을 달아준다. 무작정 선 하나를 그
어보지 않았다면 몰랐을 훈훈한 세계였다. 사람은 다
싫다며 떠나온 SNS였지만 난 다시 찾은 SNS에서 자
신의 것을 만들어내고 기꺼이 다른 사람을 돕는 친구
들을 만난 셈이었다.

이런 친구들을 찾아 조금 더 멀리 나가보기로 했
다. 바로 부산일러스트페어였다. 전문가가 아니더라
도 참여할 수 있다는 '21일 드로잉 챌린지' 프로그램
을 보고 냉큼 신청서를 작성했다. 나 같은 초보자들
도 가능한 건지 걱정은 됐지만, 21일간 매일 미션에

맞는 그림을 그리면 부산일러스트페어에 전시될 기회가 주어진다는 건 선물 같았다.

나는 다른 참여자들과 함께 주말도 없이 매일 미션을 받았다. 예를 들어 "당신은 오늘 어떤 커피를 먹었나요?"라는 미션이 주어지면 각자 그에 맞는 그림을 그리는 식이다. 매일 그린다는 게 버거울 때도 있었지만 정말 즐거웠다. 나와 같은 미션을 받은 다른 사람들의 그림을 구경하는 재미도 쏠쏠했다. 이렇게 생각할 수도 있구나. 이분은 이런 색깔을 썼구나. 이런 그림은 어떻게 그리는 걸까. 우리 모두는 초보라고 외치며 서로를 응원해줬다.

침대에 누워 있는 시간이 많았기에 당연히 21일 드로잉 챌린지를 완주했다. 부산일러스트페어 사무국에서 작품 두 개가 전시될 예정이고 내가 낸 그림들을 소책자로 만들어 발행한다는 소식을 들었다. 세상에! 정말 기뻤다! 그래서 오랫동안 나를 위해 고생한 엄마와 동생과 함께 2박 3일 부산 여행을 가기로 했다(아빠는 식물에 물을 줘야 한다는 핑계로 집에서의 자유를 선택했다). <맛있는 녀석들>을 보며 다져놓은 맛집 지식은 이때 엄청나게 큰 도움이 됐다. 나는 식사를, 동생은 디저트를 알아보며 일정을 짰다. 사람은 아프고 나면 많이 변한다. 내가 먹고 싶은 것만 먹던 나는 엄마가 뭘 좋아하는지, 뭘 먹고 싶은지 물어봤고(엄마는 대답 대신 걸어다닐 수 있겠냐는 질문을 했다) 동생과는 이 디저트집을 꼭 가야 하냐 마냐로 엄숙한 실랑이를 하기도 했다.

그리고 가장 큰 변화는 내가 아이패드와 함께 떠났다는 점이다. 난 풍경화나 인물화가 아니라 졸라맨 같은 컷툰을 그리기 때문에 부산에 가서 그림일기를 그릴 셈이었다. 도톰한 파우치에 아이패드를 넣고 여행을 떠나는 것만으로도 이 부산 여행은 이전에 했던 여행들과는 이미 달랐다.

해운대가 보이는 곳에 숙소를 잡고 매일 모래사장을 걸었다. 둘째 날인가 해운대 산책로를 따라 걷다가 좋은 음악과 파티 분위기가 물씬 풍기는 파라다이스 호텔 정원 앞을 지나는데, 우리 셋 모두 동시에 걸음을 멈췄다. 바비큐 냄새와 시원한 맥주를 들이키는 사람들 때문에 그냥 지나칠 수 없었다. 결국 우리도 탁 트인 정원 한쪽에 앉았다.

문득 이렇게 여유 있는 여행을 한 적이 있나 싶었다. 난 늘 빡빡하게 계획을 짜고 정해둔 예산에 맞춰 돈을 썼다. 참 쓸데없이 쩨쩨했는데 이번에는 쩨쩨함을 모두 털어버린 게 좋았다. 그림을 그리며 작은 것에서 더 큰 걸 발견하고 경험했기에 가능한 일이었다. 바다 냄새가 불어오고 이국적인 불빛이 반짝이는 해운대 앞바다에서 큰 사람이 된 것 같은 기분이 들어 맥주도 두 모금이나 마셨다.

부산 여행 마지막 날, 드디어 부산일러스트페어 전시장에 갔는데 21일 드로잉 챌린지 전시 부스는 생각보다 컸다. 온라인에서 챌린지를 하며 봤던 그림들과 함께 내 그림도 무사히 걸려 있었다. 막상 걸린 걸 보니 굉장히 쑥스러웠다. 관람객인 척하고 가서 전시돼 있는 그림 사진을 찍었다. 찰칵찰칵찰칵찰칵찰칵

찰칵. 아무래도 굉장히 티가 났을 것 같다. 소책자도 함께 전시돼 있길래 엄마와 동생에게도 보여줬다. 나는 또 찰칵찰칵. 장하다, 뚜루!

부산일러스트페어를 겪어보니 이런 프로그램에 또 참여해보고 싶어 찾아봤다. 그 중 눈에 들어온 건 '을지아트페어'로 누구든 10만 원에 작품을 구매할 수 있는 페어였다. 게다가 초보 작가들도 출품할 수 있었다. 내 그림도 받아줄까 싶었지만 누군가 내 작품을 사는 만화 같은 일이 일어날 수도 있다고 생각하니 나도 모르게 신청을 하게 됐다. 며칠 뒤 놀랍게도 출품이 가능하다는 답변이 왔다. 이런 신기한 일이 일어나다니!

내가 그린 것 중 <인생은 독고다이>라는 그림이 있다. 동생을 모티브로 그린 건데 배경이 쨍한 노란색

이라 표구를 하면 좋을 것 같았다. 하지만 있는 그림을 인쇄해서 표구하고 거는 것 자체가 쉽지 않은 일이었다. 당연하다. 처음이었으니까. 울면서 서점을 닫을 때도, 병원에 입원할 때도, 침대에 누워 있는 것도 모두 처음엔 힘들었다. 처음은 언제나 어렵다. 어쨌든 결국 디아섹 액자라는 걸 알아내고 그걸로 그림을 맞췄다. 화면으로만 보던 그림이 반짝이는 액자 안에 담겨 있으니 괜히 그림이 더 고와 보였다.

기다리던 전시일이 다가왔다. 넓직한 홀 벽면에 여러 작품이 빽빽하게 걸렸는데 그중 몇몇은 판매완료 딱지가 붙어 있었다. 내가 놀랐던 건 신진 작가와 작품을 발굴하려는 구매자들의 뜨거운 열기였다. 구매한 그림을 곱게 포장해서 갖고 나가는 얼굴들은 유난히 밝아 보였다. 난 작품 구매는커녕 미술관에서 작품을 본 적도 거의 없었다. 그러니 미술품이 사고 팔리는 현장에 있는 것만으로도 새로운 자극이 됐다.

내 작품은… 모두의 예상대로 무사히 잘 걸려 있었다. '이미 팔렸으면 어쩌지?'라는 허황된 꿈을 품긴 했지만 뒤집어진 우산을 들고 있는 뚜루가 엄청난 수준의 작품들과 함께 있는 것만으로도, 나도 마음에 드는 작품이 있으면 살 거라는 계획만으로도 기분이 좋았다.

내 작품은 끝까지 팔리지 않았다. 한편으론 다행이란 생각을 하면서 냉큼 다시 가져와 서점 카운터 옆에 갖다놨다. 동생이 그런 날 째려본 것 같았지만 모른 척했다.

2부

매일 그리기

미션 드로잉의 시작

21일간 쉬지 않고 매일 미션에 맞는 그림을 그리는 작업은 재밌었다. 뭘 그려야 하나 생각하지 않고 받은 미션에 대해 고민하고 떠오른 것들을 그리는 것만으로도 내면이 샤워를 하는 듯했다. 그래서 부산일러스트페어 사무국에 문의를 해봤는데 더는 챌린지를 진행할 계획이 없다고 했다. 그렇다면 나 혼자서라도 이걸 이어갈 방법을 찾아야지.

일단 미션 드로잉 밴드부터 개설했다. 밴드는 챌린지 유도 장치가 잘돼 있어서 매일 뭔가를 성취해나가게 하는 데 좋은 플랫폼이었다. 밴드 이름은 <초

보자들을 위한 미션 드로잉 >으로 지었다. 잘하는 사람들이야 미션 없이도 숙숙 그릴 테니 초보자들을 위한 방이면 될 것 같았다.

그런데 문제는 미션이었다. 어떻게 스스로에게 미션을 줄 수 있을까? 미션을 짜내는 것도 일이라 계속 고민하다 책에서 답을 찾았다. 미션으로 주어진 책을 아무 데나 펼쳐 나오는 문장을 미션 주제로 삼는 것이었다. 첫 번째 미션 책으로 이석원 작가의 《2인조》(달, 2020)를 선정했다. 작가 내면의 흐름을 촘촘히 관찰해서 쓴 일기 같은 이 에세이는 왠지 첫 미션 책으로 잘 어울리는 듯했다.

2021년 9월 7일 밴드를 개설하고 인스타그램에도 초대 링크를 남겼다. 부산일러스트페어 챌린지를 같이했던 동지 작가님 두 분이 바로 가입했다. 의외였던 건 앞에도 등장했던 식물을 키우는 친구였다. "너 그림도 그렸었나?" "아니, 이제 해보려고."

《2인조》에서 미리 5회분 미션을 발췌해놨다. 매일 0시가 되면 미션이 올라오게끔 예약을 걸어놓고 미션이 시작되는 첫날을 기다렸다. 2021년 9월 13일 월요일 0시, 첫 미션이 떴다. "1년이라는 안식년이 주어진다면?" 가슴 설레는 질문이었다. 우리 네 명은 이 미션을 시작으로 미션 드로잉의 첫 걸음을 뗐다.

아무 생각 없이 100일로 잡았는데 평일만 들어간 바람에 대략 5개월 정도의 프로젝트가 되긴 했지만 인스타그램이나 다른 밴드에서 소문을 들은 초보자들이 하나둘 들어왔다. 바쁘면 잠깐 쉬다가 다시 그리고, 보기만 하다 댓글을 쓰기도 했다. 밴드는 소곤소곤 자신의 얘기를 하는 공간이 되어갔다.

미션 드로잉을 하며 가장 신기했던 건 같은 주제를 두고 서로 다른 상상을 한다는 거였다. 모르는 사람의 그림을 보면서 그림으로 표현된 그를 이해했고, 알던 사람의 그림을 보며 완전히 모르는 구석을 발견하기도 했다. 고양이를 키우는 사람들은 고양이의 하루를 그리고, 식물을 키우는 사람들은 새로 들여온 식물을 자랑했다. 잊어버린 기억을 끄집어내고 묻어

둔 꿈을 다시 꺼내 윤을 내기도 했다.

　그림을 통한 이런 공유는 신기하리만치 내 삶에 생기를 불어넣어줬다. 사실 나는 늘 어떤 모임에 속하는 게 부담스러웠다. 활달한 성격인데도 그랬다. 적당한 거리를 유지하는 법을 몰랐기 때문이다. 모임에 있으면 언젠가 부담스러운 일이 생기기 마련이라 늘 어딘가에 속하지 않으려 했다. 하지만 미션 드로잉 밴드는 각자 자신과의 약속에 집중했기에 내가 우려하던 일이 일어날 수 없었다. 나 역시 미션에만, 내 기분에만, 오늘의 그림에만 집중했다. 그거면 됐다는 듯이(어디선가 음악은 공동 작업이고 그림은 개인 작업이라는 얘기를 들었다. 아마 그 때문에 더 그랬을 수도 있다).

　100일 동안 그림 100개를 그리는 일이 쉽지만은 않았다. 추석, 크리스마스, 설날에도 미션이 계속됐기 때문이다. 그러나 우리는 투덜대면서도 열심히 그렸다. 중간에 합류한 사람들도 100일까지 채워보겠다는 의지를 불태우며 열심히 그렸다. 그렇게 100일이 된 날 우리는 모두 큰 소리로 축하하며 축배를 들었다. 정말 모두 대단해요!

#미션드로잉_100일차

미션 드로잉을 하는 이유

그냥 그리고 싶은 걸 그려도 될 텐데 굳이 미션 드로잉을 하는 이유가 뭘까? 그리고 싶은 걸 그리는 것과 미션 드로잉은 기본적으로 자기가 하고 싶은 얘기를 한다는 점에서 아주 동일하다. 하지만 둘의 가장 큰 차이는 미션의 유무다. 내가 그리고 싶은 건 내게 익숙한 것들이지만 미션은 대개 내가 생각해보지 못했던 것들이다. 미션 드로잉은 친숙하고 가까운 것에서 벗어나 낯설고 멀어 보이는 주제 혹은 소재들에서 내 이야기를 끄집어낸다.

이런 경험은 잊고 있었던 기억, 숨기고 싶었던 잘

못, 내가 몰랐던 사랑과 고마움, 행복했던 순간들을 되살려준다. 자유롭게 그리는 그림이 이미 내 머릿속에 있는 의식과 생각들에 머문다면 미션 드로잉은 보다 잠재적이다. 의식하진 못했지만 내 안에 있던 어떤 특정한 곳까지 끌고 들어가게 하는 것이다.

"요즘 얼마나 행복한가요?"와 같은 질문은 "지난달에 데이트 몇 번 했나요?"와 다르게 자연스럽게 또는 쉽게 할 수 있는 평가가 아니다. 적절한 답을 하려면 한참 생각해야 한다.°

미션 드로잉이 던지는 질문은 주로 첫 번째 질문 같을 때가 많다. 평소 내가 쉽게 혹은 상투적으로 답할 수 없는 것들이다. 이미 준비해놓은 답변 같은 건 없달까. 그래서 한참을 생각하게 되는데, 그걸 그림으로 표현해야 하니 생각을 장면으로 재구성하는 과

○ 대니얼 카너먼, 이창신 옮김,《생각에 관한 생각》, 김영사, 2018.

정까지 거쳐야 한다. 미션 드로잉은 평소에 잘 쓰지 않아 녹슬었던 뇌와 마음의 어떤 부분을 가동시켜 움직이게 하는 힘이 있다.

무엇보다 미션 드로잉은 소재 고갈로 고통받는 일은 면하게 해준다. 유명한 작가와 뛰어난 일러스트레이터가 "그릴 게 없다"며 절규하는 모습을 자주 본다. 소재가 고갈된 사람들에게, 그리고 싶지만 뭘 그려야 할지 감이 안 잡히는 사람들에게 감히 미션 드로잉을 권하고 싶다.

이 밖에도 미션 드로잉이 내게 준 긍정적인 효과는 많았다.

샘솟는 의욕

미션 드로잉을 하며 머릿속에 맴돌던 단어가 '부정성 지우개'였다. 그날그날의 미션은 책에서 무작위로 발췌한 문장이었지만, 그 미션들은 꼭 내가 관심 있거나 고민하고 있는 것들을 끄집어내서 그리게 해줬다. 그리고 그게 뭐가 됐든 그리고 나면 머릿속에 있을 때보다 훨씬 더 정돈된 상태가 된다. 이 경험을 계속 반복하다 보니 쌓인 그림이 부정적인 생각들을 지워주는 것 같았다. 안 좋은 기억, 불안한 감정, 짜증나는 기분, 안 될 거라는 의기소침함은 나를 안정감 있게 만들어주는 유쾌한 것들로 바뀌었고 어디 한번 해볼까? 라는 의욕을 샘솟게 했다.

늘 부정적 감정이 먼저 튀어 나가지만,
그걸 좇아가진 않을거야.
거북이가 결국 이길 거거든.

흥 백날 가봐라~

긍정적 감정　　　　　　　　　　부정적 감정

실천

직접 보거나 한 것들을 그림으로 재현하는 것이 미션 드로잉의 기본 패턴이다. 그런데 가끔 우리는 미션을 실천해본 뒤 그에 대한 소감이나 다짐을 그려 올리기도 했다. 《꿈을 이루어주는 코끼리》(미즈노 케이야, 김문정 옮김, 나무한그루, 2008)라는 책에는 "구두를 닦는다" "사람들에게 내 단점을 물어본다" 등 29가지 숙제가 나오는데 이걸 실천할 때마다 그려서 올려보기로 한 적이 있다. 생각보다 반응이 좋아서 밴드에 있는 많은 사람이 그걸 실천한 뒤의 감흥을 그림일기로 그렸다.

《청소력》(마스다 미츠히로, 우지형 옮김, 나무한그루, 2007)과 《날마다 하나씩 버리기》(선현경, 예담, 2014)가 미션 책이었을 때는 우리 모두 버린 물건들과 깨끗해진 공간을 그려 올렸다. 어떤 사람은 왜 이렇게 많은 걸 쌓아놓고 살까 반성하며 당근마켓에 내놓은 물건들을 잘 보내줄 거라는 다짐이 담긴 그림을 그리기도 했다. 나는 그때 미션 드로잉을 하기 위해 종일 버릴 물건을 찾아다녔는데 덕분에 무질서했던 주변이 깨끗해졌다. 우리는 미션 드로잉을 하면서 미뤄두었던 것들 혹은 할 생각도 하지 않았던 것들을 직접 해볼 수 있었다.

독서

내가 하는 미션 드로잉의 미션은 책에서 나온다. 5일 치 미션이 책 한 권에서 나오기 때문에 책은 일주일 간격으로 바뀐다. 문장이야 무작위로 발췌하지만 책 자체는 내가 선정하는 거였다. 사실 어떤 책이든 상관은 없지만 내가 읽지도 않은 책을 선정하는 건 께름칙했다. 이왕이면 좋았던 책들을 소개하고 싶었다.

그러다 보니 본의 아니게 한 주에 한 권은 무조건 읽어야 했다. 난 에너지가 없다는 핑계로 한동안 멀리했던 책을 미션 드로잉 덕에 다시 읽었다. 원래는 소설과 에세이 위주로 읽었는데 미션 드로잉 책 선정을 위해 혼자라면 절대 읽지 않을 분야의 책을 읽기도 했다. 하다 보니 일주일에 세 권을 읽으며 100권 읽기에 도전하는 독서클럽에도 가입을 했었다. 결국 매일 그림을 그리고, 매일 책을 읽는 호화로운 삶을 살게 된 셈이다.

새로운 경험

언젠가 《매일 마인드맵》(오소희, 더디퍼런스, 2017)이 미션 책이 되어 다 같이 마인드맵을 그린 적이 있다. 어깨 너머 보긴 했지만 직접 그려본 건 처음이었는데, 마인드맵이 드로잉과 글쓰기의 중간지점이라는 걸 알게 됐다. 그림만으로는 표현이 어렵고 문장으로 풀어내기엔 한계가 있는 것들이 있는데, 이때 마인드맵은 마치 흑기사처럼 나타나 '내가 해결해줄게!' 하며 꼬인 문제들을 풀어준다. 그러니까 복잡한 생각을 순차적으로 풀어내고 시각화하는 데는 마인드맵이 딱이었다.

　　드로잉 전에 하는 작업으로도 훌륭했다. 새로운

계획을 세울 때도 마인드맵에 그림들을 쭉 그려놓으면 우선순위를 정리해볼 수 있다. 남는 공간에는 낙서하듯 그림을 그려넣고 색도 칠한다. 신나게 그리다 보면 검정 글씨만 있던 마인드맵이 생기 가득한 페이지가 된다. 한쪽 뇌만 쓰다가 졸지에 양쪽 뇌를 모두 쓰는 새로운 경험 역시 미션 드로잉 덕이었다.

장황하게 썼지만 사실 미션 드로잉을 하는 가장 큰 이유는 마음가짐 때문이다. 처음에는 나도 몰랐지만 한두 달 시간이 지나며 알게 됐다. 내가 그렸던 대로 이뤄진다는 것을 말이다. 이건 나뿐만 아니라 밴드 회원 모두가 겪은 일이라 새로 들어온 회원들도 용기를 내어 자신의 소원들을 그려 올렸다. 언젠가부터 밴드에선 이런 말이 유행어가 됐다. "오늘은 이걸 그렸어요. 그러면 다 이뤄진다죠?" 소원 성취, 어렵지 않다. 그러면 다 된다.

#소원빌기주간 #두번째책

매일 그리는 방법

미션 드로잉에 대해 계속 말했지만 아마 가장 어려운
건 역시 그림 그 자체와 지속성일 것이다. 그림을 어
떻게 그려야 하는지, 어떻게 매일 그릴 수 있는 건지
같은 것들. 나도 그걸 모르는 사람 중 하나라 누군가
의 말에서, 책에서 이런저런 도움을 받았다. 그중 몇
가지를 소개한다.

좋아하는 걸 그리기

언젠가 < 나 혼자 산다 >에서 전현무가 박나래 얼굴

을 즉석에서 그리며 한 말들에 박수를 치며 공감한 적
이 있다.

나래 얼굴은 기본적으로 아몬드 모양이야. 아몬드 그린
다고 생각하면 돼. 각이 없어. 아몬드 하관을 강조하기
위해서 코와 눈을 붙여. 눈썹은 선하게 감싸주면서 입은
아주 조그매요. 그리고 색감은 나래 하면 떠오르는 색을
넣는 거야. 그냥 이렇게 하는 거야. 금방 뚝딱. 나래를 위
해 그리는 거니까 얼굴만 그리는 게 아니라 그 뒤에 나
래 하면 떠오르는 이미지들, 상징들을 그려넣겠지.

이 말을 좀 풀어보자면 먼저 보이는 대로 그리는
거다. 알고 있는 비슷한 사물들을 떠올려도 된다. 어
쨌든 원형과 직선을 그린다. 밑그림은 없다. 바로 그
리면 된다. 그러곤 색을 칠한다. 이때 전현무의 말대
로 "떠오르는 색"을 칠하면 된다. 얼굴이니까 살색을
칠하지 말고 그리면서 떠오르는 느낌대로. 나도 이럴
때 자유를 느낀다.

마지막 하이라이트는 대상을 생각했을 때 떠오르는 상징을 추가하는 것. 그림을 조금이라도 그려본 사람이라면 이게 깊은 애정이라는 걸 알 것이다. 필사하며 읽는 게 가장 깊은 독서인 것처럼, 뭔가를 그린다는 건 그리는 내내 그 대상을 마음에 품고 있다는 것을 의미한다. 마음속에서 대상의 모습과 대상과 관련된 것들을 끊임없이 재생해야만 그려낼 수 있다. 대상에 대한 관심이 커지고 깊어져야 하니 싫은 걸 그릴 수는 없다.

그리다 보면 그려진다

어느 날, 내가 좋아하는 영화감독들이 알고 보니 늘 그림(스케치)을 그리는 사람들이었다는 걸 알게 됐다. 《제임스 카메론의 SF 이야기》°에는 감독들의 인터뷰

○ 제임스 카메론·렌들 프레익스·브룩스 펙·맷 싱어·게리 K. 울프·리자 야젝·시드니 퍼코비츠, 김정용 옮김, 아트앤아트피플, 2020.

와 함께 그들이 <아바타>나 <E.T.>를 구상할 때 그린 그림도 함께 실려 있다. 그중 스티븐 스필버그의 이야기는 내 눈을 반짝이게 했다.

스토리보드 작업할 때 스케치 하다 보면 최고의 아이디어가 떠올라요. 각본에 없었고 생각지도 못한 아이디어가 그림 그리는 도중에 튀어나와요. 더 많이 그릴수록, 더 많은 아이디어를 얻죠. 각본을 쓸 때보다 스토리보드에서 훨씬 더 많은 아이디어가 나왔어요.

특히 "그림 그리는 도중에"라는 부분에 많은 공감을 했다. 매일 미션 드로잉을 하다 보면 머릿속에 완전한 그림 한 장이 떠올라 그대로 구현하는 경우도 있지만, 우연히 그린 동그라미나 실수로 칠한 색깔 하나 때문에 완전히 다른 그림이 되는 경우도 많다. 그림을 그리는 도중에 머릿속에 새로운 장면이 마구마구 펼쳐지는 것이다. 나는 하루에 한 장 미션 드로잉을 할 뿐인데, 전 세계가 열광하는 영화를 만드는 감독과 똑같은 경험을 한다는 게 놀랍다(크기는 아주 다르지만 어쨌든 세계를 창조해내는 건 마찬가지니 똑같다고 우겨본다).

그림과 다른 하나

하정우의 첫 에세이, 《하정우, 느낌 있다》(문학동네, 2011)는 하정우가 그림 그리는 과정을 본인의 언어로 표현한 책이라 무척 흥미롭게 읽었다. 나도 이런 경험을 해보고 싶다는 생각을 할 정도였다. 어쩌면 이런 호기심이 쌓여 그림을 그리고 있는 걸 수도 있다. 어쨌든 그가 그림을 그리며 솔직하게 써내려간 글을 읽고 있으면 그림 초보자로서 쉽게 공감이 된다.

하정우 인생이 연기와 그림, 두 바퀴로 굴러가는 것처럼 내 인생은 독서와 그림으로 굴러간다. 쌀로 밥도 짓고 술도 빚는 것처럼 말이다. 책을 읽다 보면 여러 감정과 기억이 이해되면서 부정적인 것들이 재편집된다. 언젠가 아빠가 스무 살 때 1년간 하루도 빠짐없이 쓴 일기장을 봤는데, 그걸 본 이후로는 아빠가 하루 종일 트로트 음악을 크게 틀어도 거슬리지 않았다. 뭐랄까. 아빠의 글을 읽고 내가 경험하지 못한 아빠 인생을 이해할 수 있게 된 것 같았다. 그러니 내게 독서는 이해할 수 없어 정리하지 못한 부분들을 하나씩 정리해주는 도구다.

반면 그림은 나의 꿈과 밝은 부분, 생기 있는 현실을 발견하는 과정이다. 특히 미션 드로잉은 나와 내 일상에서 끄집어낸 뭔가를 그림으로 표현하는 과정인데, 그렇게 완성한 그림은 주로 밝았다. 아, 이런 걸 좋아했지. 이러면 기분이 좋았지. 여기에 가보고 싶었지. 그림을 보며 이런 것들을 다시금 되새기고 새삼 깨닫는다.

독서를 하며 정리된 마음으로 대개는 밝은 그림을 그려내는 게 일상이 됐다. 내겐 독서지만 당신에겐 당신만의 것이 있을 수 있다. 내가 책과 그림을 바퀴 삼아 나아가듯, 당신도 그림을 그릴 수 있게 하는 다른 뭔가를 찾아 나아갈 수 있었으면 좋겠다.

매일 그리는 마음

매일 자정이 되면 미션 드로잉 밴드에 내 의지나 관심사와는 무관한 주제가 뜬다. 그러면 오늘은 또 어떤 그림을 그릴까 궁리하며 잠에 든다. 무작위로 발췌된 문장들은 때론 당혹스럽고 때론 나를 완전히 다른 멀티버스에 데려다놓기도 한다. 한 번도 상상하지 못했던 것들을 상상해보고, 무심하게 지나쳤던 것들을 그려보기도 한다. 실제로 해봐야만 그릴 수 있는 미션도 있다. 평소의 나라면 절대 하지 않을 일이지만 미션을 위해 한다. 미션에 중독돼버린 것이다(밴드 회원들도 비슷한 증상을 겪고 있는 것 같다).

웹툰 초창기 연재물 중에 그림 한 컷으로 메시지를 전달하는 작품이 있었다. 한 컷이라 큰 매력을 느꼈는데, 요즘 내가 매일 그리는 미션 드로잉이 모두 한 컷이다. 누가 시킨 것도 아닌데 매일 미션을 받고 나면 한 컷으로 정리가 될 때까지 이리저리 구상을 했기 때문이다.

미션을 받고 나면 처음에는 머릿속에 어떤 에피소드가 영화처럼 재생된다. 하지만 난 한 컷으로 그려야 한다는 미션을 갖고 있기에 에피소드의 여러 장면 중 최고의 한 장면을 찾는다. 그러다 보면 두 개의 벽에 부딪힌다. 바로 공간의 벽과 시간의 벽이다. 여러 공간에서 일어났던 일인데 그걸 어떻게 한 컷에서 표현하지? 시간이 흐르며 달라졌던 일인데 그건 또 어떻게 표현해야 할까?

이 단계에서 나는 갑자기 어린아이가 된다. 원래 성인영화였던 장면을 생략하고 압축해 그림동화로 바꾼다. 영화 <인사이드 아웃>에서 2차원 세상으로 들어가면 몸이 2D로 변하는 장면이 나오는데, 내 머릿속도 딱 그런 모양새가 된다. 그 장면에 뚜루가 들어가면 상황은 서서히 정리된다.

그림이 잘 안 그려지는 날은 대부분 어린아이가 되지 못할 때다. 현실적인 고민이 많거나 먹고사는 일이 거세게 몰아쳤거나 누군가 심하게 미웠을 때 등등. 어른의 갈등은 정말 재미가 없다. 하지만 그날 자정이 되기 전에 공간과 시간, 두 가지 문제의 해답을 찾아내면 입꼬리를 올리며 자신 있게 아이패드를 켤 수 있게 된다. 내 손이 아이디어를 따라갈 수 없을 때가 많지만 최대한 비슷하게 표현하려 애쓴다. 그렇게 오늘도 미션을 완료한다. 이 뿌듯한 찰나의 순간을 맞이하기 위해 오늘도 오늘의 미션을 기다리며 하루를 보낸다.

잠들기 전 드로잉 미션 확인

일어나면 미션 그림이 반짝

#88일차_미션 내가 가장 싫어하는 것은 00이다.

읽으면서 그리기

책 읽는 얘기를 많이 했지만 나만의 환경과 루틴을
만들기 전에는 그저 끌리는 책들만 읽었다. 소설(특
히 SF)을 가장 많이 읽었고 가끔 좋아하는 작가님들의
신간이나 주변에서 추천해주는 책을 읽었다. 그런데
어느 날 문득 내 삶이 나아지긴커녕 그럴 기미조차
없다는 걸 느꼈다. 진짜 내 삶은 계속 어둠 속에 있는
것 같아서 책을 읽고 있어도 공허했다. 지식은 늘었
지만 지혜가 늘지 않았고 재미는 있었지만 기분은 좋
지 않았다. 돌파구가 없었다.

　뭔가 문제가 있다 싶어 가장 먼저 책 읽는 방식에

변화를 줘야겠다는 생각을 했다. 그러려면 명료한 인생 목표를 먼저 세워야 했다. 어떤 목표를 갖고 있느냐에 따라 읽는 책과 방식이 달라질 것 같았다. 그때 내가 막연하게 생각했던 건 경제적으로 안정되고 생기 있는 일상을 만들어 행복해지고 싶다는 거였다. 돌이켜보면 그렇게 사는 사람들을 부러워했을 뿐 배우려고 한 적은 없었다. 질투가 났기 때문이다. 나도 저 사람들처럼 살 수 있어. 배우지 않아도 할 수 있어. 쓸데없는 자존심과 이상한 자만감은 나를 꼬일 대로 꼬이게 했고 그토록 원하는 성장을 막아섰다. 소위 성공한 사람들의 책은 들춰보지 않은 이유이기도 했다.

기존의 내게서 벗어나고 싶어 여러 멘토를 찾아보다, 병에 걸려 오랫동안 침대에 누워 있었지만 독서와 실천으로 부와 성공을 한꺼번에 쌓은 정회일 작가의 《읽어야 산다》(생각정원, 2012)를 읽게 됐다. 나는 바로 정회일 독서클럽에 가입했고 두 달 동안 그가 추천해준 책들을 읽으며 주어진 미션들을 해봤다. 덕분에 평생 읽지 않았던 자기계발서들을 많이 접하게 됐다. 역시 배우면 빠르게 갈 수 있다.

그 두 달은 혼자 꾸준히 책을 읽고 실천해보는 환경을 만들어줬고, 나는 지금도 그가 추천해주는 책들을 일주일에 두세 권씩 읽으며 루틴을 쌓는 훈련을 하고 있다. 이렇게 하는 데 가장 도움이 됐던 건 여러 번 말했던 필사로 남기는 메모였다.

필사는 단순 작업처럼 보이지만 보이는 것과 달리 많은 일을 해야 해서 집중을 할 수밖에 없다. 문장을 읽은 뒤 머릿속에서 되뇌어보고 그 문장을 만났을 때의 느낌이 날아가기 전에 써야 한다. 줄을 맞추며 선을 곧게 그린다. 속도가 빨라진다 싶으면 다시 늦추지만 리듬감은 잃으면 안 된다. 눈과 손이 합을 맞추고, 되뇌고, 쓰고, 그린다. 그렇게 여러 감각을 조합해 한 줄 한 줄 완성한다.

이때 가장 중요한 건 빨리 다 써버려야지, 하는 바쁜 마음을 내려놓는 것이다. 글자 하나하나에 집중하면서 써야 글씨가 정갈해진다. 정성스레 천천히 쓰면

선을 곧게 그릴 수 있다. 여전히 세로선보다는 가로선이 어렵고, 'ㅇ'과 'ㅎ'을 쓰면 동그라미가 찌그러지고 'ㄹ'은 혼자 대열을 벗어나기 일쑤지만 늘 저번보다는 이번이 더 낫다. 이렇게 정성들여 쓴 정갈한 글씨를 보면 그림을 볼 때만큼이나 기분이 좋다. 남기고 싶은 것들을 옮겼겠지만 이렇게 필사로 '그린' 글들은 더 오래 남기도 한다.

책을 다 읽고 나면 나만의 '그림 책장'에 책을 꽂는다. 처음에는 책 100권 읽기를 기록으로 남기기 위해 읽은 책을 하나씩 그린 건데, 하다 보니 큰 즐거움이 됐다. 또 도서관에서 빌린 책은 반납도 해야 하고, 집 책장은 자리가 좁아서 정갈하게 꽂아두는 데 한계가 있지만 그림 책장은 내가 읽은 모든 책을 한눈에 볼 수 있다. 특히 읽은 순서대로 꽂기(그리기) 때문에 내가 무엇에 관심을 두고 어떤 흐름으로 책을 읽는지 쉽게 파악할 수 있다. 게다가 표지가 아니라 책등을 그리는 재미도 쏠쏠하다.

가장 즐거운 건 책장을 꾸밀 수 있다는 것이다. 내 그림 책장에는 실물 책장과 다르게 책 읽는 쪼맨스와 시들지 않는 꽃과 화병이 있고 시원한 바람이 끝없이 분다. 이런 즐거움 때문에 그림 책장에 책을 꽂아넣는 것으로 책 읽기를 마무리하게 됐다. 책들이 쌓이며 그림 책장이 알록달록해질수록, 내 독서 경험은 더욱 선명해진다.

함께 그리기

아파서 오랫동안 침대에 누워 있었지만 그림을 그림으로써 침대를 벗어나는 경험. 이게 내게만 의미가 있는 건 아닐 거란 생각이 들었다. 침대와 한 몸이었던 내게 큰 선물이 돼준 그림 그리기를 비슷한 다른 분들에게도 알리면 좋을 것 같아 여러 요양병원에 미션 드로잉 클래스 제안을 넣었다. 전공이 미술도 아니고 본격적으로 그림을 그린 건 1년 정도밖에 안 됐지만 이런 초보야말로 왕초보의 마음을 가장 잘 알 수 있다는 마음을 담아 메일을 보냈다.

그중 운 좋게 두 군데서 회신이 와 드로잉 클래스

를 열었다. 두 군데 모두 암 전문 요양병원이라 클래스에 참여하신 분들은 항암치료를 받는 분들이었다. 의외로 젊은 분이 많았지만 힘든 항암치료로 다들 체력이 많이 떨어진 상태였다. '암'에 대한 걱정과 두려움은 그들의 체력을 더욱더 떨어뜨리고 있었다.

아파서 체력이 떨어지면 머리를 쓰는 일 자체가 힘겹다. 그래서 첫 수업은 그대로 따라 그려보는 시간을 가졌다. 식물, 색깔, 긍정적인 단어 등 기분이 좋아지는 그림 카드들을 보여주며 똑같이 그리라고 했다. 어떤 고민이나 생각 없이 따라 그리다 보면 어느덧 그림 엽서 한 장이 뚝딱 나온다. 그리는 사람 입장에서는 자신감이 붙고 간만에 기분도 좋아진다. 나는 그걸 노렸다.

그다음에는 각자 내가 왜 이 카드를 선택했는지, 왜 이런 그림을 그렸는지에 대해 짧게 이야기를 나눴다. 그릴 때는 "난 그림 처음 그려봐"라는 말을 하며 웃기만 했는데 어느새 눈물바다가 됐다. "그냥 이 꽃이 예뻤어요." "눈사람이 우리 가족처럼 네 명이라 그려봤어요." "해피happy라는 말이 좋았어요." 그저 평범한 소감일 뿐인데 그 말을 하던 분들은 다들 울컥하며 눈시울을 붉혔다. 아픈 상황에서 '해피'라는 말이 얼마나 소중한지 모두 알아서였다.

다음 수업에서는 가장 먹고 싶은 음식을 그렸다. 항암치료를 하다 보면 먹고 싶은 걸 못 먹기 때문에 그걸 그리는 것만으로도 신이 난다. 그다음에는 만약 여행을 가게 된다면 가져갈 물건 하나를 그렸다. 그럼 생각하게 된다. 이번에 치료 잘 받아서 먹고 싶은 거 먹고 꼭 여행 가야지. 절망이 아닌 희망을 품을 수 있게 하는 것이다.

수업을 어느 정도 진행했을 때 주제를 자유롭게 잡고 그림을 그렸다. 그간 수업을 진행하며 슬쩍슬쩍 했던 얘기들이 있었으니 그걸 그려보라고 했다. 어떤 분이 "저번에 우리 손녀들이 '할머니가 이럼 내가 화가 나'라고 하더라고요. 어찌나 말을 또박또박 하는지"라고 해서 그때의 손녀들 얼굴을 만화처럼 그려보라는 미션을 드렸다. "남편이랑 같이 찍은 사진이 생각나요. 그때 썼던 초록 모자가 참 예뻤어요"라고 하는 분께는 그 초록 모자를, 최근에 본 영화가 재밌었다는 분한테는 졸라맨이어도 좋으니 그 영화 포스터를 한번 그려보자고 했다. 나는 그저 조금 거들었을 뿐인데 다들 멋지게 그려 냈다.

어떤 날은 종일 눈이 쏟아지길래 눈사람을 그려보자고 했다. 그때 어떤 분이 첫 번째 질문을 쏘아올렸다. "눈은 흰색인데 어떻게 그려요?" "음, 눈사람을 좋아하는 색으로 그려볼까요?" "어, 그럼 난 노란색!" 그렇게 노란색 눈사람이 그려졌다. 그 뒤로 질문과 의견이 쏟아졌다. "눈사람의 눈동자는 어디를 향해야 하죠?" "이 눈사람은 어떤 포즈를 취해야 할까요?" "항암치료 하느라 머리가 빠져서 민머리인 눈사람이 싫어요. 모자도 그릴래요." "입술 크기는 이정도면 될까요?" "하늘에서 떨어지는 눈이 별 모양이라 천사가 내려오는 것 같아요."

참여한 모든 분이 질문을 하고 의견을 내면서 함

께 그림을 그렸다. 그림은 사실 이렇게 수많은 선택
으로 완성된다. 여러 선택 끝에 우리는 각자 다른 그
림을 그렸지만 하고 싶은 말은 단 하나였다. 모두 잘
지내자는 것. 눈 오는 날에 열린 클래스는 정말로 풍
요롭고 따스했다.

원래 미션 드로잉 클래스의 목표는 수업이 있든
없든 매일 그리는 습관을 기르는 거였다. 그게 무리
라는 건 알고 있었지만 낙담하지는 않았다. 그다음
주에도 그리러 오고, 퇴원한다는 안부를 전하는 모습
을 보는 것만으로도 좋았기 때문이다. 미션 드로잉
클래스를 제안하는 것만으로도 큰 용기가 필요했는
데, 과거의 내가 용기를 내서 다행이었다.

3부

매일 그리는 사람

그림이 뇌에서 벌이는 일

오랫동안 누워 있어 우울했던 나는 그림을 그리면서부터 회복했다. 기적적으로 몸이 좋아졌다기보다는 웅크려 있던 내면이 조금씩 활기를 찾아간 느낌이었다. 이 변화를 내 삶에 안착시키려면 어떻게 해야 할지 고민하다 자연스레 심리학과 뇌과학에 관심을 갖게 됐고 손에 집히는 대로 관련 책을 읽었다. 특히 《박문호 박사의 뇌과학 공부》(박문호, 김영사, 2017)와 《내면소통》(김주환, 인플루엔셜, 2023)은 내 뇌과학 공부의 교과서가 됐다.

우리 뇌에는 침대에 웅크리게 하거나 반대로 움

직이게 하는 감정들을 관장하는 핵심 부위가 있다. 두려움과 불안을 일으키는 편도체와 사랑과 창의성을 관장하는 전전두피질, 정확히는 내측전전두피질(medical prefrontal cortex, mPFC)이다. 편도체는 원시시대 사냥터에 호랑이가 나타나면 빠르게 도망치게 해주는 사이렌 같은 역할을 하는 부위다. 편도체가 활성화되면 온몸에 불안감이 퍼지면서 혈액이 근육으로 쏠린다. 덕분에 인간은 빨리 도망을 가 목숨을 건질 수 있다. 전전두피질은 자아실현, 도덕성, 감사, 사랑 등 오늘날 인간이 인간답게 살게 만들어주는 사령탑과도 같다. 타인과 소통하고 협력해 창의적인 결과물을 만들어내고 행복한 삶을 만드는 데 결정적인 역할을 한다.

미래를 불안해하며 남들이 하라는 대로 공부만 했던 학창 시절, 끝없이 내달렸던 직장 생활, 성공하고 말겠다며 주먹 불끈 쥐고 했던 사업 등은 모두 내 편도체의 사이렌을 쉼 없이 울리게 했다. 지금은 원시시대도 아닌데 그 모든 것이 내게는 목숨을 위협하는 호랑이였던 셈이다. 나는 오랫동안 활성화된 편도체 때문에 결국 나자빠졌고 모든 걸 멈춰야 했다. 내 몸은 욕망에서 시작된 불안을 더는 버티지 못하겠다고 선언했다.

시간이 흐르며 내 영혼은 새롭게 살 궁리를 했다. 날 위협하는 호랑이가 없다는 사실을 인지시켜서 편도체의 사이렌은 최대한 울리지 않게 하고 전전두피질은 활성화해야 했다. 이때 기괴한 자세로 뒹굴며 자는 동생이 눈에 들어와 그림을 그렸고 나는 웃기 시작했다. 내 영혼은 전전두피질을 활성화시킬 방도를 기가 막히게 잘 찾아냈다.

사실 전전두피질 활성화 훈련 중 가장 대표적인 건 명상이다. 밖으로 향했던 시선을 안쪽으로 돌려 안에서 벌어지는 일들을 지켜보면 창의성을 관장하는 뇌 부위가 살아난다. 그래서 나도 조용한 음악을 틀고 명상을 하려 가부좌를 튼 뒤 눈을 감았는데···. 도저히 되지 않았다. 성인 ADHD 아닌가 의심이 들

정도로 산만한 내게 명상은 맞지 않았다.

그런데 그림을 그리는 시간은 달랐다. 모든 것을 잊은 채 집중할 수 있었다. 떠오르는 생각들을 포착해서 어떤 건 흘려보내고 어떤 건 힘껏 붙잡아 그림으로 표현했다. 명상에서 얻을 수 있는 것들을 그림으로 얻어낸 것이다. 내게는 그림으로 하는 명상이 더 잘 맞았다.

이렇게 전전두피질을 활성화시키면 예전처럼 편도체가 까불지 못한다. 화가 나지 않고 차분해지며 불안을 느끼지 않는다. 일상의 작은 것들에 감사하게 된다. 변화하는 내 마음을 보면서, 그 변화가 날 웃게 하고 몸을 움직이게 하고 새로운 걸 표현할 수 있게 하는 걸 보면서, 편도체와 전전두피질의 실재를 경험한다. 내 뇌에서 벌어지는 일과 손으로 그림을 그리고 있는 일 모두 영혼을 살리기 위한 과정이라는 게 놀랍고 기특하다. 내가 오늘도 그림을 그리고, 당신에게도 함께 그림을 그려보자고 하는 이유다.

기분이 좋아지는 그리기

에너지가 바닥나면 티끌 같은 먼지와 작은 소리 같은
게 거슬릴 정도로 민감한 사람이 된다. 예민한 몸과
마음을 다스리려면 꼭 평안을 찾아야 한다. 나는 나
만의 루틴을 만들고 그림을 그리며 평온한 일상과 좋
은 기분을 되찾으려 했다.

루틴 드로잉

우연히 시작한 식물 돌보기 루틴과 미션 드로잉은 불
규칙한 일상에 규칙을 만들어줬다. 나를 위한 루틴을

만든 셈인데 난 새로운 루틴을 추가할 때마다 그림을 그렸다. 꾸준히 해보면서 버거운 루틴들은 과감히 포기한 끝에 내게 맞는 루틴을 찾았다.

식물을 돌보며 시작한 아침은 미션 드로잉을 불렀고, 미션 드로잉은 다시 책을 읽게 해줬고, 책은 필사를 하게 했다. 이런 루틴들을 소화하려면 내게 더 나은 체력이 필요하다는 것도 느꼈다. 결국 내가 만든 루틴이 운동을 싫어하는 내게 큰 동기를 부여해준 셈이다. 난 내 루틴에 하루 만 보 걷기도 추가했다(이 핑계로 애플워치도 샀다).

루틴은 내 하루에 주춧돌이 돼줬다. 약속을 잡을 때도 루틴 이외의 시간으로 고려하고, 조율이 안 될 경우 우선순위에서 밀어두었다. 이건 내가 해왔던 것과는 완전히 달랐다. 난 누군가와의 약속을 굉장히 우선시했고 '노no'보다는 '예스yes'를 선호했다. 타인들과 만난 후에 내 일을 하자는 주의였기 때문이다. 하지만 그건 나를 돌보지 않는 습관을 만들었을 뿐이다. '노'라고 하며 루틴을 지켰을 때의 힘을 느낀 뒤

부터 우선순위를 바꾸지 않겠다고 다짐했다. 루틴을
지키는 날은 저절로 힘이 난다.

기분 좋은 아이템 드로잉

나를 기분 좋게 해주는 아이템들에 둘러싸이는 건 굉
장히 중요한 일이다. 이런 아이템들은 어느 때고 우
리를 공격할 준비가 돼 있는 기분 나쁜 일들이나 말
들에서 최대한 빨리 빠져나올 수 있게 도와주기 때문
이다. 언제나 켜질 준비가 돼 있는 블루투스 스피커,
몸을 감싸주는 가벼운 샤워가운, 유럽 어느 벼룩시
장에 있을 것 같은 쨍한 빨간 화병, 언젠가 다시 떠날
때 가져갈 캐리어, 엄마가 준 기억 속 가장 오래된 선
물… 이 단순한 방정식을 깨닫기까지도 오래 걸렸지

만 내가 좋아하는 게 뭔지를 아는 데도 시간이 들었다. 매일 그림을 그리고 나서야 겨우 알게 됐달까.

그림을 그림으로써 내가 좋아하는 것들이 뭔지 알았고 그것들을 알아냈기에 나를 유해한 환경에 방치하지 않겠다는 결심을 할 수 있었다. 나는 기분 나쁜 순간을 얼른 알아채고 거기서 빨리 빠져나오기 위해 기분이 좋아지는 아이템들을 자꾸 떠올린다. 당신도 당신만의 아이템들을 찾아서 떠올려보길 바란다.

나의 작업실, 두 개의 책상
글쓰기 책상, 독서와 묵상의 책상

뽀송뽀송 샤워가운 알럽

배움 드로잉

나는 배우면서 즐거움을 느낀다. 그런데 앎을 체화하는 것에는 한없이 게으르다. 실천은 하지 않고 머리로만 이해한다. 이렇게 된 데는 수능시험이 한몫한 것 같다. 문제를 빨리 파악하고 정답을 찾은 후 바로 다음 문항으로 넘어가는 게 몸에 배 있다. 책을 읽을 때도 문장 하나하나를 읽기보다 빨리 기승전결을 알아내거나 그저 한 권을 뚝딱 다 읽으려 했다. 회사 생활도 마찬가지였다. IT 회사에 오래 다니다 보니 새로운 트렌드를 빠르게 익히고 얼른 결과물을 만들어내는 데 익숙해졌다. 그걸 즐겼고 내게 잘 맞는 옷이기도 했지만 오랫동안 그렇게 지내다 보니 내면이 텅 비어가고 있었다(IT 회사에 다니는 사람 모두가 이렇게 살지 않는다. 다분히 내 배움 방식의 문제다).

지금은 하나의 앎을 내 삶으로 깊숙하게 끌어들이는 과정에 더 방점을 찍는다. 속도를 늦추고 브레이크를 밟으면서 서서히 내 것이 되게 만든다. 뭔가를 머리가 아닌 가슴으로 알게 되면 그건 자연스레 내 루틴으로, 새로운 사람과의 즐거운 만남으로 이어지고 그림과 글로 표현된다. 이런 배움의 시간 안에 있을 때는 확실히 즐겁다. 그게 꼬리에 꼬리를 물어 새로운 배움의 장이 열리기도 한다. 모든 시간이, 모든 곳이 학교가 되는 것이다.

매일 제자리걸음을 하며 뱅뱅 도는 것 같지만 분명 나는 성장하고 있다. 여러분도 마찬가지일 것이다.

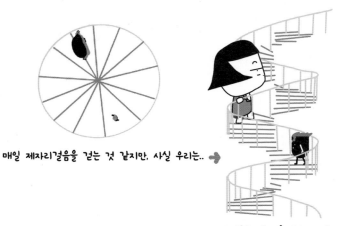

매일 제자리걸음을 걷는 것 같지만, 사실 우리는..

나선형 계단을 오르고 있어

그림으로 잡는 청개구리

태어날 때부터 내 안에 있던 청개구리 한 마리. 녀석은 내 마음을 반대로 끌고 가는 데 선수다. 몸에 좋은 음식이어도 먹으라면 먹기 싫어지고, 목표를 가지라고 하면 갖기 싫어진다. 책을 읽으며 충분히 감동받았지만 막상 실천하라 그러면 하기 싫어진다. 녀석은 정말로 못됐다.

그런데 그림을 그리며 내 안의 청개구리를 좀 다스릴 수 있게 됐다. 아주 조금이지만 어쨌든 그 변화가 내 눈에는 보인다. 일단 책에서 좋은 걸 배우면 그대로 실천하는 일이 많아졌다. 왜 그런가 생각해봤더니 좋았거나 감동받은 부분을 그림으로 그려놓으면 기분이 좋아져서인 것 같다. 기분이 좋아야 실천할 가능성이 높아진다. 특히 성공한 사람들이 공통적으로 강조하는 목표 설정, 시간 관리, 자기 확언 등은 모두 시각화와 관련이 있다. 이런 걸 집안 곳곳에 붙여놓고 눈에 띄게 하면 하루에도 몇 번씩 되뇌며 자신을 다잡을 수 있듯, 책과 머릿속에 있는 걸 그림으로 그려 보이게 만들면 할 수 있게 된다. 그럼 청개구리가 잠잠해진다.

미션 드로잉 또한 마찬가지다. 매일 주어진 미션을 그림으로 그려내야 한다. 미션은 내 일상을 돋보기로 샅샅이 살펴보게 하고, 나와 관계 맺고 있는 주변 사람들의 삶과 내 삶의 관계에 대해 생각해보게 해준다. 이런 생각을 거듭하다 보니 관계 안에서도 마구 울어대는 청개구리를 이대로 두면 안 된다는 마음이 생기면서 삶에 변화를 주고 싶어진다. 그럼 어떻게 변화를 줄 수 있을지 생각해보며 성공한 사람들의 방법을 찾아본다. 그들에게 존경심이 일면 그들의 말을 고분고분 잘 듣게 된다.

그들의 이야기가 또 하나의 미션이라 생각되면 그림은 절로 그려진다. 하루에 두세 장을 그릴 때는 이렇게 탄력을 받았을 때다. 이런 날은 평소엔 괜히 부끄러웠던 행동도 잘한다. 자신감이 붙어 긍정적인 말을 되뇌고 생각난 목표를 알록달록 예쁘게 적어 벽에도 붙여놓는다. 남들이 보면 좀 그러려나? 그래도 나는 좋다. 청개구리를 잡았으니까. 개굴개굴.

안으로 멀리 뛰기

<인셉션>과 <인터스텔라>를 만든 크리스토퍼 놀란은 이런 얘길 했다. "<인셉션>은 아주 내향적인 영화예요. 모든 게 안쪽에 또 안쪽에, 또 안쪽에 겹겹이 쌓여 있는 마트료시카 인형인 거예요. 관객은 세상 속 세상에 공명하고 있었어요."(《제임스 카메론의 SF 이야기》)

그림 그리기도 지극히 내향적인 행위다. 눈앞에 있는 걸 그리는 것처럼 보이지만 사실 내 안에 맺힌 상들을 찾아 그리는 것이다. 보이는 대상은 내 안에서 새로운 모습으로 창작되어 나온다. 그러니 그림은

밖으로 쏠린 감각을 안으로 틀어 멀리 뛰게 해주는 코치인 셈이다.

크리스토퍼 놀란 감독의 인터뷰는 이렇게 마무리된다. "<인터스텔라>에서는 다시 바깥세상으로 가야 하며, 모험정신을 되찾을 때가 됐다고 느꼈어요."《제임스 카메론의 SF 이야기》 안으로 멀리 뛰며 보이지 않는 수수께끼를 푼 사람은 저절로 모험정신을 되찾을 때가 됐다고 느낀다. 나도 마찬가지였다. 드로잉 덕분에 기분이 좋아져서 침대를 탈출할 수 있었고 몸을 움직이면서 예전 모습을 되찾아갔다. 해방감과 생기를 느끼며 조금 더 멀리 갔고, 더 오래 일했고, 새로운 일을 벌였다.

역시나 금세 피로가 몰려왔다. 하지만 되살아난 직진 본능 때문에 앞으로만 나아갔다. 새로운 제안이 들어올 때마다 수락했고 일하는 시간을 내기 위해 그림 그리는 시간을 줄이게 됐다. 그래서 신나고 좋았던 그림 그리기 루틴이 바로 흔들렸다. 1~2년 정도 다진 새로운 습관은 평생 들인 버릇에 한 방에 녹다

운될 정도로 약했다.

본능적으로 지금이 중요한 시점이라는 걸 느꼈다. 체력이 올라가 쓸 시간이 많아진 상황이 됐을 때 잠시 멈추고 정돈하는 시간을 가졌다. 뭐든 생각나면 움직여버리는 다리를 다시 책상 앞으로 가져와 내 안의 충동들을 살펴봤다. 아이패드를 켜서 날뛰는 충동을 그림으로, 마인드맵으로 표현해봤다. 그렇게 보니 난 자꾸 뭔가를 하고 싶어 했고 쓸데없이 여기저기를 기웃거리고 있었다. 악순환이 될 걸 알면서도 뻗어나간 충동을 잠재우지 않았다.

《안으로 멀리 뛰기》(북노마드, 2016)는 이병률 작가와 윤동희 작가의 대화집이다. 이병률 작가가 직접 붙인 제목이라던데, 모든 시선이 밖으로만 향해 있다 처음으로 스톱을 외치며 안으로 향하려 할 때 만났던 문구라 더 인상적이었다. 그때 생각했다. 아, 안으로도 멀리 뛸 수 있구나. 왜 밖으로만 멀리 뛰어서 보이는 성적만 챙기려 했을까.

'안으로 멀리 뛰기'는 마치 영화 <레디 플레이어 원>에서 첫 번째 미션인 레이스 경주를 이기는 숨은 방법과도 같다. <레디 플레이어 원>은 2045년이 배경인 SF물인데 영화 속 사람들은 거의 매일 가상현실 '오아시스'에 접속해 암울한 현실을 잊는다. 그러다 오아시스를 만든 창시자가 오아시스 안에 숨겨둔 미션 세 개를 성공하는 사람에게 오아시스의 소유권과 막대한 유산을 주겠다는 유언을 남긴다. 그 첫 번째 미션이 바로 자동차 경주였다. 모두가 경주 도중 킹콩 손에 잡혀 죽을 때, 주인공은 출제자의 의도를 파악해 혼자 후진으로 달린다. 그러니까 출발선에서 앞이 아닌 뒤로 달린 것이다. 그랬더니 새로운 도로가 생겼고 주인공은 어떤 장애물도 없이 안전하게 결승점에 도착한다. 멀리 뛰어야 하긴 하지만 그게 반드시 앞일 필요는 없는 것이다.

안으로 멀리 뛰는 가장 빠른 방법은 책상 앞에 앉아 부지런히 손을 움직이는 것이다. 머리와 마음을 펜 끝에 붙들어 맬 수 있기 때문이다. 책상에 앉자마자 빠르게 집중할 수 있는 방법도 찾았다. 바로 필사다. 필사노트를 펴고 책에 표시해둔 문장을 쓰면 1초도 허비하지 않고 책 읽기 모드로 바꿀 수 있다. 필사 없이 그냥 책만 읽었을 때는 몇 장 읽다 핸드폰을 보거나 물을 먹으러 가곤 했는데 필사로 시작을 하면 그럴 일이 없다. 필사를 곁들여 책을 좀 읽고 나면 마음이 편안해지면서 머릿속에 그리고 싶은 것들이 피어오른다. 그러면 쉬는 시간에 여유롭게 그릴 수 있게 된다.

이렇게 지켜낸 습관들은 내 시간의 우선순위를, 평생 버릇이었던 일하고 또 일하는, 그래서 항상 바쁘기만 하던 예전의 나로부터 새로운 나를 지켜주는 든든한 울타리가 됐다. 사람의 울타리는 각자 다를 것이다. 명상이든, 운동이든, 음악이든, 독서든 안으로 멀리 뛸 수 있게 만들어주는 울타리는 많다. 나는 그리면서 나를 지켜나갈 뿐이다. 움직이는 손은 오늘도 나를 안으로 멀리 뛰게 한다.

진짜를 향하는 그림

세상엔 진짜와 가짜가 있다. 진짜인 척하는 가짜들 때문에 사실은 가짜가 더 많을 것이다. 보통 진짜는 척을 하지 않기 때문에 쉽게 눈에 띄지 않기도 한다. 무언가를 그린다는 건 늘 '진짜'들을 향한다. 감정, 모습, 의도 모두 그렇다. 선명하고 변하지 않는 진짜. 그래서일까. 진짜를 접하면 그릴 소재를 찾았다는 생각에 가슴이 두근거린다.

매장을 운영하다 보니 배달 기사님과 수리 기사님 등 다양한 기사님을 접한다. 그중 가장 오랫동안 함께 일한 운반 기사님은 매장 집기들을 옮기기 전에 늘 미리 현장을 점검한다. 꼼꼼히 준비를 했지만 예상치 못한 상황이 발생하기도 하는데, 기사님은 그럴 때마다 전생에서부터 경험한 일이라는 듯 당황하지 않고 웃는 얼굴로 처리한다. 이 기사님을 보다 어설프게 처리하는 다른 기사님들을 보면 모두 가짜처럼 보인다.

식당도 그렇다. 진짜 사장님들은 보통 사장이 하지 않는 일들도 전부 해낸다. 전에 어떤 식당에 갔는데 기본 세팅되는 물컵이 각각 받침대에 엎어져 놓여 있었다. 왜 물컵에도 받침대를 놓았냐고 물어봤더니 그냥 놓으면 물컵에 먼지가 들어가니까 엎어서 놔야 하는데, 입 닿는 부분이 바닥에 닿으면 꺼림칙하지 않냐고, 직원들은 일이 많아서 싫어하지만 받침대가 있어야 한다고 했다. 물컵에도 이 정도인데 다른 일은 어떻겠는가.

전에 간 어떤 국숫집 벽에는 '외부 음식 반입 가능'이라는 문구가 있었다. 보통 음식점은 음식은커녕

음료도 반입이 안 되는데. 사장님께 이유를 물었더니 국수로는 배가 안 찰 수 있는데 마침 옆집 김밥이 맛있으니 같이 먹으라고 붙여놨다고 한다. 근데 그 집 국수는 양 많은 걸로 유명한 집이었다. 지치고 힘들면 돈 내는 손님에게도 인색해지는 게 사람인데, 이 진짜 사장님은 자신의 넉넉한 마음을 벽에 쾅쾅 박아둔 것이다.

진짜로 살기는 어렵지만 진짜인 척하는 건 쉽고 편하다. 그냥 그런 척만 하면 되기 때문이다. 나도 그렇게 살았기에 마음에서 우러나오는 진심을 실천하는 사람들을 보면 경외심이 든다. 진짜는 삶에서 흘러나오는 것이라 몸에 배어 있고 은은하게 빛난다. 그리고 늘 그 자리에 있다.

세스 고딘은 그의 책《더 프랙티스》(도지영 옮김, 쌤앤파커스, 2021)에서 이런 진짜들을 "프로"와 "프로의 일"이라고 지칭한다. 프로의 예술은 자신만을 위해 펼쳐지지 않는다. 이는 누군가를 위해 만들었단 뜻이고 그러니 용감하고 이타적인 행위다. 프로들은 진짜의 삶을 살아간다.

나는 프로가 아니지만 이런 프로들을 보면서 내 그림 안에 있는 가짜의 함량을 점검한다. 상황을 부풀려 그린다거나 좋아하지 않는데 좋아하는 척하며 그린 그림이 그렇다. 부지불식간에 그린 그림에 가짜가 있다면 지체하지 않고 도려내야 한다. 그래서 앞서 말한 기사님과 사장님 같은 진짜들을 그린 날은 콧노래를 흥얼거리게 된다. 진짜를 그렸을 때는 신이 나면서 더 힘을 낼 수 있기 때문이다.

나와 세상의 가짜에 지친 날, 진짜가 있는 곳으로 간다. 모든 가짜를 씻어내겠다는 다짐을 하면서.

그림으로 표현하기

말이나 글로 설명하기엔 아직 덜 익은 것들이나 추상적인 개념이 둥둥 떠다닐 때가 있다. 그런데 종종 글로는 표현할 수 없던 것들이 눈앞에 그림 한 장으로 선명하게 떠오른다. 이때는 주저없이 펜을 든다. 설령 모호하더라도 어떻게든 그리고 나면, 그걸 글로 쓰는 건 좀 더 쉬워지기 때문이다. 뇌는 문장보다 키워드를 좋아하고, 키워드보다는 그림을 좋아한다는 게 뇌과학적으로도 밝혀지고 있으니 그림의 힘은 매우 강력하다.

나는 드로잉이라는 취미가 생기면서 표현하지 못

했던 것들을 더 자주 표현할 수 있게 됐다. 마치 내 안의 것들을 밖으로 꺼내 보일 수 있는 작은 창이 하나 열린 느낌이다. 이 창은 머릿속에서만 뱅뱅 돌던 모호한 것들을 명확하고 뚜렷하게 바꿔주며 개운한 느낌을 준다. 또한 생각이 정리되면 일상에도 질서가 생긴다. 무엇이 중요한 일인지, 어떤 제안을 거절해야 할지 등을 알게 되고 감사의 말을 잊지 않고 하기도 한다.

이와 반대로 말하고 싶은 건 아주 명확하지만 직접적으로 보여주고 싶지 않을 때도 있다. 쑥스럽거나 너무 사적인 것이라 에둘러 표현하고 싶은 감정이 들 때가 그렇다. 그럼 생각해본다. 어떻게 해야 다른 사람들은 모르게 표현할 수 있을지 말이다. 나는 주로 색이나(그림 자체는 평범하지만 기분이 나쁠수록 어두운색의 비중이 높아진다) 추상적인 모양을 써서 아리송하게 표현한다. 괜히 제3의 인물을 만들어 이야기를 슬쩍 바꿔놓기도 한다.

아마 이런 궁리는 나만 한 게 아닐 것이다. 위대한 화가들도 자신만 알았으면 하는 얘기지만 표현하고 싶을 때 그림을 그리지 않았을까 싶다. 타인은 모르지만 나만 아는 이야기. 표현은 하고 싶지만 들키고 싶지 않은 이야기. 우리가 보는 그림 중 일부에는 분명 화가만 아는 암호가 숨겨져 있을 것이다.

그림을 그림으로써 그리는 사람들의 마음 깊은 곳에 가닿을 수 있는 출발점에 선 기분이다. 그들이 돌려서 말한 것들을 찰떡같이 알아듣게 되면 내적 친밀감이 생긴다. 그리고 그건 분명 지금껏 해보지 못했던 새로운 경험이다. 전혀 모르는 타인을 그림으로 알게 되는 것 말이다.

당신이 에둘러 한 말을 내가 알아들을 수 있어 다행이다.

겁도 없이, 뻔뻔하게 벽돌 쌓기

조상들이 동굴 벽에 그림을 그릴 때든, 위대한 화가들이 걸작을 그릴 때든, 내가 그림을 그릴 때든 마음에서 벌어지는 일련의 과정은 다 똑같지 않았을까. 눈앞에 보이는 걸 그린다지만 사실 나는 내가 인지하고 느낀 것만 그린다. 대상과 내 마음이 화학적으로 결합해 오롯이 나만 그릴 수 있는 그림이 탄생하는 것이다.

대니얼 카너먼이 《생각에 관한 생각》에서 썼듯 우리는 우리가 생각하는 것보다 세상을 더 모른다. "너 자신을 알라"는 소크라테스의 말부터 최신 뇌과학까지 모두 비슷한 얘기를 한다. 우리가 잘 알지 못하는 건 세상뿐만이 아니다. 나 자신도 잘 모른다. 하지만 잘 안다고 착각하기 때문에 힘들어하고 고통받는다. 잘 알지도 못하면서.

매일 그림을 그린다는 건 그럼에도 불구하고 내가 알게 된 세상을 하나씩 내놓는 것과 비슷하다. 사과를 그렸다면 눈앞에 놓인 사과만큼은 조금이라도 알게 되고, 친구의 앞머리를 그리면 5밀리미터 짧아진 변화를 알게 된다. 엄마표 국수를 그리면 국수를 만들어 내놓는 엄마의 마음과 그런 엄마의 국수를 좋아하는 나를 알게 된다.

매일 하는 미션 드로잉은 나와 세상을 알게 해줬다. 주눅 들고 엉망인 내가 아니라 유쾌하고 차분한 나를, 싫고 미운 사람으로 가득한 세상이 아니라 진짜와 생명력이 넘치는 세상을 보게 해줬다. 내 마음속에는 나를 끝없이 끌어내리던 미지의 늪이 있었다. 매일 그림을 그리면서 나는 그 늪에 있던 진흙으로 벽돌을 만들어 차곡차곡 쌓아올렸다. 그렇게 쌓인 벽돌은 하나같이 단단하고 윤이 났다. 그러다 보니 질 척거리던 늪이 얕아졌고 잘 마른 벽돌의 개수는 많아졌다.

그림에 완전히 문외한이던 내가 매일 겁도 없이 그림을 그린다. 심지어 인스타그램에 그림을 올려 "한번 보시겠어요?"라며 뻔뻔하게 말도 건다. 이쯤 되면 누군가는 그림 실력에 한계를 느껴 드로잉 수업을 들을 만도 할 텐데 말이다. 물론 욕심이 날 때가 있다. 색으로 더 다양한 표현을 하고 싶기도 하고, 뚜루가 좀 더 자유롭게 움직일 수 있다면 좋을 것 같다. 포토샵이나 일러스트레이터 같은 툴을 배우면 그림으로 표현해낼 수 있는 범위도 확 넓어질 것이다. 하지만 내게는 그보다 더 중요하고 즐거운 게 있다. 새로운 미션들을 그려내는 것이다. 아직 내게는 그려냄으로써 정리되어야 할 뭔가가 가득한가 보다.

실력이 늘지 않는 건 아니다. 매일매일 정해진 시간 안에 그림을 그리니 미션을 받고 난 뒤 그리는 게 조금씩 빨라졌고(물론 아이디어가 떠오르지 않는 날은 끝까지 쥐어짜다 끝내 엉망인 그림을 내놓기도 하지만) 선택과 집중을 해야 하는 순간 앞에 서면 전보다 덜 망설인다. 여전히 뛰어난 실력이라곤 할 수 없지만 미션을 받아 그려내는 데 있어서는 승진을 했다고 느껴진다. 아무것도 모르는 신입사원이었지만 이제 대리 정도는 됐달까.

예전의 나라면 지금 그림 실력을 보고 스스로를 질책했을 것이다. 이 정도 그렸으면 확연하게 나아졌어야 하는 거 아니야? 그러면서 학원을 등록했을 것이고 허구한 날 선을 긋다 지쳐 '재미가 없네…' 하며 슬그머니 때려쳤겠지. 그러나 지금은 실력이 늘지 않아도 조급해하지 않는다. 그저 어린아이가 인형을 갖고 놀 듯, 수업을 듣다 교과서 귀퉁이에 낙서를 하듯 슬슬 그리는 게 좋을 뿐이다. 좋아서 매일 했고, 좋아서 포기하지 않았으니 이렇게 책도 쓸 수 있게 된 거 아니겠는가.

아주 다양한 이유가 있겠지만 당신이 여전히 침대 밖으로 나오지 못하는 마음을 충분히 이해한다. 하지만 때가 되면 늦지 않게 슬그머니 침대 밖으로 나오면 좋겠다. 그러곤 겁도 없이, 뻔뻔하게 그림을 그리며 차곡차곡 벽돌을 쌓았으면 좋겠다. 늪에서 나올 수는 있나 의심하는 순간이 올 테지만 삐뚤빼뚤 그린 그림은 그때마다 기꺼이 당신을 기다려줄 것이다. 당신이 그린 그림들이야말로 당신과 보폭을 맞춰주는 사려 깊고 유쾌한 친구일 테니까.

매일 혼자 그리다 심심하면 함께 그리는 것도 좋다. 안으로 뛰다 한계에 부딪혔다면 미션 드로잉 챌린지에 함께해도 좋다. 그곳에는 항아리 같은 몸을 하고 짧은 다리로 힘차게 도움닫기를 하고 있는 뚜루가 있을 것이다. 오늘도 우다다다다.

당신에게도 미션을 드립니다

30일 드로잉 챌린지

(1년이라는 안식년이 주어진다면?)

(한 번도 해본 적은 없지만 지금 해야 할 일)

(나를 살리는 습관)

(어떤 상자를 열었다. 뭐가 있을까?)

(기분이 나쁜 채로 하루를 마무리하지 않는 비법)

미션6

(잠들기 전에 하는 일과 깨어나면 하는 일)

(매일 쓰는 물건이 있다면?)

(단골 가게 혹은 단골이 되고 싶은 가게)

(다음 주 수요일에 뭐 하세요?)

(나는 주말 아침에 ○○ 가는(하는) 걸 좋아한다)

(최근에 들은 가장 멋진 말!)

(예산 5만 원으로 세워보는 주말 계획)

(가장 최근에 새로 배운 것)

(없어선 안 될 필수품)

(한 달 전보다 성장한 부분은?(칭찬 필수))

(500원으로 행복해질 수 있는 방법)

(카페를 차린다면 팔고 싶은 필살기 메뉴)

(가장 기억에 남는 생일 선물)

(내가 그려보는 나의 회고록 표지)

(스스로에게 줄 수 있는 공짜 선물)

(혼자 가본 곳 중 가장 먼 곳)

(제일 좋아하는 동화)

(갖고 싶은 초능력)

미션24

(가장 먼 곳에서 온 소장품)

(오늘 버릴(버리고 싶은) 물건)

(직접 디자인해보는 나만의 액세서리)

(여행 갈 때 꼭 챙기는 것)

(주변에 있는 동글동글한 것(들))

(왼손으로 무엇이든 그려보기)

(내가 바라는 내일의 모습)

오늘도 그림

© 뚜루(김진아), 2023

초판 1쇄 발행 2023. 7. 17.
초판 2쇄 발행 2023. 7. 31.

지은이	뚜루(김진아)
편집	은솔지
디자인	허귀남
펴낸이	임선영
펴낸곳	리토스
출판등록	제2023-0000106호
등록일자	2023년 3월 21일
이메일	retoss.books@gmail.com
인스타그램	@retoss.books
ISBN	979-11-983421-0-2 03810